あの時の野球と
あの子たち

久保田浩司

大学教育出版

あの時の野球とあの子たち

目次

あの時の野球とあの子たち

第一章　共　感

ゼロからの出発

二〇〇六年九月十五日の夜七時、私は谷沢健一監督と待ち合わせている東京駅にいた。

明日、日本選手権千葉県予選が新日本製鉄君津球場（現　日本製鉄君津球場）で行われる。明日は第一試合で、千葉県君津市まで、当日移動では間に合わないため、前泊することになっていた。

監督が待ち合わせ場所に姿を見せた。

「久保田君、ご苦労さま。今日の生徒さんの大会はどうだったかな」

「おかげさまで、勝てました」

1

「そうか。それはよかったな。また連覇の記録を伸ばしたね」

「はい。生徒が頑張ってくれました」

私はふと昼間の東京都養護学校ソフトボール大会で七連覇を達成した瞬間を思い出す。

「あの野球をやりたいって言っていた子……」

「はい。藤木剛です。今日も大事なところでホームランを打ってくれました」

「そうか。それはよかった。久保田君もほっとしたよね。本当にご苦労さま」

「はい。剛も少しずつですが、すぐに怒ることも減り、物事に耐えられるようになってきました。ソフトボール部の仲間に恵まれたのも大きかったと思います」

「そうか。藤木君、一度、うちの練習にでも連れてくればいい」

「はい。剛は硬式野球をやりたいと、毎日言っています。一度チームの練習に連れて行きたいと思っていました。その時は、よろしくお願いします」

私は監督に向かって、深く頭を下げた。


東京駅から君津駅までの約二時間、監督と私は、翌日の先発メンバーの打ち合わせに、多くの時間を費やした。

ＹＢＣフェニーズが初参加した五月の都市対抗予選で、〇対十七の五回コールド負けを喫した後、野手を中心に七名の選手がチームを去っていた。

もっと、強いチームでやりたい。

チームの方針に合わない。

辞めていく選手は、いろいろなことを言ってきたが、監督は「去る者は追わず」だと、突き放した。

だが、主力選手の抜けたチームは、まさに火の車だった。

まず先発ピッチャーを誰にするかで、守備の要であるショートやセカンドのメンバーが変わってしまう。野球で一番大事なセンターラインが、なかなか決まらない。だが、何としても、予選初勝利を達成したかった。

監督といろいろ話し合い、最終的には監督が先発ピッチャーを決断した。このピッチャーは、サイドハンドから投じるシンカーやチェンジアップが武器で、何よりコントロールがよかった。監督もまずは試合を壊す危険の少ないピッチャーを考えたようだ。

この監督の決断で、五月の都市対抗予選で先発したピッチャーにショートを守ってもらい、セカンドには、打撃は劣るが、守備の安定した選手を使うことにした。

あとは、もう選手たちを信じるしかない。

翌朝、監督が三塁側ベンチに座り、左中間方向を凝視していた。

そこには、この球場を本拠地とする、企業チーム「かずさマジック」のチームスローガンが掲げられていた。

『ゼロからの出発』

「まさに、今のうちのチームを象徴しているな」

監督が隣に座っている私に話す。

「そうですね。いろいろありましたからね……」

そばで、私と監督の話を聞いていたマネージャーの杉田和也も頷いていた。

杉田はまだ二十代後半と若いが、とても真面目な男だった。

「監督、ここまでいろいろとありましたけど、ＹＢＣフェニーズもゼロからの出発でいいじゃないですか。今日は何としても勝ちましょう」

私は語気を強めて言った。

「監督、私も勝ちたいです。今日は頑張りましょう」

杉田も気合が入っている。

「そうだな。何としても、今日は予選初勝利を達成しような」

監督が話を締めた。

試合が始まった。

初戦の相手は、千葉県松戸市のクラブチームだ。

先発ピッチャーが監督の期待に応えて、五回まで三失点に抑えてくれた。相手にヒットは許すが、四死球を出さないので、大量点を与えない投球を続けていた。
ＹＢＣフェニーズは、八回表までに七点を取り、七対三と試合を優位に進めていた。
だが、八回裏に、懸案だった守備のセンターラインにミスが出てしまい、相手に四点を奪われてしまった。
九回表の攻撃前に、ベンチ前で円陣を組む。
主軸の村松優が輪の中心で叫んだ。
「おい、みんな。この回に勝負をかけるぞ。俺は、絶対に勝ちたいからよ。全員の力で、勝とうぜ！」
「オー！」選手全員が一斉に大きな声を出した。
（これは、いけるぞ）今まで見たことのない、選手たちの一体感だった。
九回表の攻撃
九番　セカンドゴロ
一番　センター前ヒット
二番　ファーストゴロ
三番　四球
四番　四球
相手のピッチャーもかなり、疲れが見えてきた。

バッターは五番の村松。

「村！ 何とかしてくれ！」

私は三塁コーチャーボックスから、大声で叫ぶ。

村松が私を見て、ヘルメットのツバを触りながら、大きく頷いた。

ワンボール、ツーストライクからの四球目。

カーン。

打球がライトの頭上を襲った。懸命にライトが背走する。ライトが背走しながら、ボールに飛び込んだ。

捕ったか？

落ちたか？

三塁コーチャーの私の位置からは、よく見えない。

その時、判定のために外野まで走っていた二塁塁審が、大きく両手を広げた。

「フェアー」

「よっしゃー」

三塁側ベンチが大騒ぎだ。

「ゴー！ ゴー！」

私は右腕を何回も何回も回す。

ツーアウトだったので、打球音とともに、すぐにスタートを切っていた一塁ランナーまでホームインした。

打った村松は、相手の中継がもたついている間に、一気に二塁ベースを回った。

「村！　スライディング！」

私は広げた両手を大きく下に振り、合図した。

村松がものすごい勢いで、ヘッドスライディングをした。

「セーフ！」

三塁塁審が両手を広げた。

「村、ナイスバッティング！　よく打ってくれた。ありがとう」

私は右手で、村松の肩を叩く。

「は、は、はい。よ、よ、よかった……」

村松は息が苦しくて、まともに話ができない。

九回裏は都市対抗予選に先発したピッチャーがリリーフ登板し、気迫のピッチングで相手打線を三者凡退に抑えた。

「ゲームセット」

審判の声が球場に響いた。

「よっしゃー、勝ったぞ！」

ベンチに戻ってきた選手たちは、チームの予選初勝利にみんなで抱き合い、歓喜の声を出していた。私はこんなに喜ぶ選手の姿を見たのは、初めてだった。

「コーチ、やりましたね。勝って、本当によかった……」

杉田が泣いている。

「あー、杉田、やっと、勝ったな……」

私は杉田とがっちり握手した。

「久保田君、ご苦労さま」

監督が右手を差し出した。

「監督、お疲れさまでした」

私は両手で監督の手を握った。

「これで、やっとゼロがイチになったかな。まだまだ、これからだけどな」

監督は、左中間方向に掲げてあるスローガンを見た。

「はい。監督、明日の試合も頑張りましょう」

明日は、初めて企業チームと戦う。

翌日の二回戦、企業チーム、かずさマジック戦。

一対十、七回コールド負け。

完敗。

まったく歯が立たなかった。

（同じ野球をやっているのに、クラブチームと企業チームは、こんなにも実力が違うのか）

かずさマジックの選手たちは、試合前のアップの時から、全員の統率がとれており、無駄な動きが一つもなかった。また、ユニフォームの着こなしも、どこかだらしなさのあるクラブチームの選手とは違っていた。

試合後、私が球場外で選手たちと雑談をしていると、背後から声をかけられた。

「久保田さん、はじめまして、かずさマジックの○○です。今日は、ありがとうございました。私、日体大を卒業しています。今後ともよろしくお願い致します」

○○選手は、私に向かって、帽子を取り、深々と頭を下げた。

「あっ、今日は、こちらこそ、ありがとう。わざわざ、あいさつ、すみません……」

私は、びっくりした。だが、野球でしのぎを削っている企業チームの選手は、こういう挨拶は当たり前のようにやっているのだろう。

ふと、大敗したにもかかわらず、チームメイトとの雑談に興じているYBCフェニーズの選手を見た。これから都市対抗本大会や日本選手権本大会を目指すためには、企業チームを倒さなければならない。

私は、野球の実力もさることながら、社会人としての資質も高めないと、企業チームには太刀打ちできないと、強く感じた。

まだまだ、先は長いな……。

高校野球

十月初旬の月曜日、私は朝刊の地域版に書いてある、小さな大会結果を凝視した。
多摩ソフトボール大会、一回戦
西部養護学校　七　対　六　○○ソフトボールクラブ
私が指導している知的障がいのある生徒たちが、初めて健常者チームに勝った。
私は、朝刊の大会結果を見ながら、一人、感慨に浸っていた。
このソフトボール大会は、練習試合で相手をしてもらった社会人チームの方から、大会のことを教えてもらい、初めて参加した。ここまで、都の一般社会人ソフトボール二部大会や練習試合で社会人チームと対戦する機会はあったが、まったく勝てなかった。
過去を遡っても、私が初めて練習試合をお願いした松陰高校女子ソフトボール部に大敗してから、十七年間、毎年のように普通高校や社会人チームと対戦したが、一度も勝てなかった。

その壁は、とてつもなく、厚く、高かった。

前日の試合は、大接戦となったが、最後は何とか一点差を守り切り、逃げ切った。

私が十七年間、待ちに待った健常者チームからの勝利だった。

勝った瞬間、生徒はもちろんのこと、応援に来てくれた保護者が、みんな喜んで泣いていた。

「先生、やりましたね。うちの子たちが、こういう試合で勝てるなんて……」

主将のお母さんは、号泣して、言葉が続かなかった。

試合後には、初勝利を記念して、生徒、保護者と一緒に記念写真を撮った。

私はその時に、親子が大喜びで、記念写真に応じている姿を目の当たりにして、急に、肩の荷が下りたような、不思議な感じを覚えた。

最後に、勝ってよかったな……。

私はこの年で西部養護学校の指導も十一年目を迎えており、来春には他校に異動しなければならなかった。

もう、知的障がいのある生徒のソフトボール指導は、終わりにしようか。

十七年間、私なりに一生懸命に頑張って、それなりの成果も残すことができたと思う。

昨年末からソフトボール部の指導と掛け持ちでやってきた、ＹＢＣフェニーズのこともあった。野球はあくまでボランティアだが、土日は自分のやりたい硬式野球をとことん追求したいという気持ちもあった。

そのような気持ちが、心の中で交錯した状態が続いていた。

そんな時、一本の電話があった。

「久保田さん、先日の養護学校のソフトボール大会、お疲れさまでした。今年も、久保田さんのチームに、優勝を持っていかれましたね」

「でも、○○のチームも強くなってきたよ。来年は優勝が狙えるんじゃないか」
○○は他の養護学校でソフトボール部を指導している。年齢は、私より二つ下で、日本体育大学硬式野球部の後輩だった。
その後輩が言った。

「久保田さん、西部養護学校、もう、かなり長いですよね」

「十一年目だよ」

「そろそろ、異動ですよね」

「そうなんだ。今年もソフトボール部の指導があったから、他校への異動を保留してもらったけど、もう動かないとな」

都立の教師は、ある程度の年数が経つと、他校に異動しなければならなかった。

「久保田さん、一緒に中央学園、行きませんか」

「中央学園？」

「ええ、これから、教師を公募するみたいですよ。そこで、硬式野球部作って、一緒にやりましょうよ。俺、久保田さんと一緒に硬式野球やりたいと思って」

「ごめん。中央学園のこと、よく分からないんだけど」

都立中央学園は、来春四月に開校する新設校だった。校名に養護学校は付いてないが、知的障がいのある生徒を対象とする学校だった。養護学校が付いてないのには、訳があった。

この学校は学区域を取り払い、全都から軽度の知的障がいのある生徒を募集し、選抜テストを実施するという。要は、知的障がいのある生徒のエリートを集める学校だった。よって、校名からも養護学校を外して、イメージをよくしたかったのだろう。

「この学校は、軽度の障がいのある生徒ばかりなので、絶対に硬式野球ができると思いますよ」

後輩は力強く言った。

「確かに、うちのソフトボール部の生徒も、何人かは硬式野球ができるのもいるよ」

「そういうメンバーがたくさん来るんですよ。硬式野球やるチャンスではないですか」

「うん、そう……、だな……。硬式野球って、高野連の大会に出たいんだろ」

「もちろんですよ。俺、もともとは、高校野球やりたくて、都立高校受けたんですよ。それが、今までずっと、養護学校ですから。あっ、久保田さんと、同じですよね」

「そうだよな。おまえも硬式野球、やりたいよな」

「そりゃ、硬式野球、やりたいですよ。確かに、高野連への申請とか、やるとなったら、いろいろと大変かと思います。でも、久保田さんと一緒にできれば、俺も、頑張れると思いましてね。だって、知的障がいのある生徒が、甲子園大会の予選に出られるとしたら、全国初、ですよ。すごくないですか」

後輩は、全国初というところを強調して言った。

「そうか……、高校野球な……、全国初か……」

私は養護学校に採用されてから三年目に、一度普通高校に異動希望を出したことがあった。その時は、まだソフトボールの指導を始めてから、一年しか経っておらず、いろいろと悩んだが、私の高校野球への夢も捨てきれなかった。

だが結果は、普通高校には異動できなかった。その時は、ショックよりも、養護学校に残って、ソフトボールの指導ができることへの安堵感の方が強かった。

あれから、積み重ねた長い年月……。

私は後輩の電話を受けてから、一人で悩んだ。

知的障がいのある生徒への指導を長く続けてきたことで、生徒たちへの愛着も強くなっていた。どうせやるなら、ここまでの指導経験を活かせる知的障がいのある生徒たちと、硬式野球をやってみたいと思った。

甲子園という大きな舞台も、憧れていた。

それが、私の夢だったから。

そんな時、ふと、谷沢監督の顔が浮かんだ。村松や杉田の顔も浮かぶ。

YBCフェニーズで一生懸命に頑張っている選手たちのことを思った。

仕事とボランティアを天秤にかけて、悩むことは、おかしいのか……。


十一月中旬、私は都内のとある駅で降りて、中央学園開設準備室の置かれている学校に向かった。

入口に着くと、受付で必要書類を出し、待合室で待つように指示された。待合室に向かう廊下を歩いていると、面接を終えた他校の教師が歩いて来た。ソフトボール大会で対戦したことのある学校の監督だった。

「あっ……」

その教師は慌てた様子で、会釈だけしてすれ違った。

私に電話をくれた後輩は、結局、今回の公募は受けなかった。後輩から私に直接連絡はなかったが、どうやら管理職試験を受けることになったらしい。たぶん、私との電話のやり取りの後、校長あたりから受験を勧められたのだろう。後輩も私に公募の件を言った手前、連絡できなくなったのかもしれない。

「久保田先生、どうぞ」

「はい」

私はネクタイの結び目を確認して、面接の部屋に入る。

中には、黒縁の眼鏡をかけ、髪を七三に分けた男性と、少し長めの髪を自然な感じで、まん中から分けている男性の二人がいた。

二人の自己紹介を聞く。黒縁眼鏡の方が新設校の校長で、もう一人が教頭だった。

「久保田先生、本日はお忙しい中、ありがとうございます」

校長が笑顔で言った。

「いえ、こちらこそ、よろしくお願いします」

私は背筋を伸ばした。

「久保田先生は、西部養護学校でソフトボール部の指導をされていますよね」

「はい」

「先生の学校、強いですよねぇ」

教頭が少し軽い感じで言う。

「いつも、生徒たちが頑張ってくれています」

私は、淡々と話した。

「先生は体育の先生ですね。専門はなんですか」

校長は笑顔のまま話す。

「野球です」

「野球ですかあ。それで、ソフトボールの指導をしていたんですねぇ」

また教頭が割り込んできた。

「いえ、野球とソフトボールはまったく違います。養護学校でソフトボールを指導するようになってから、私なりに勉強しました」

「そうなんだー。私は、同じようなものだと、思ってましたよ」

私は教頭の軽口に少し苛ついた。

「……」

私は校長を見続けた。

「ところで、久保田先生。新設校は、新入生を百人迎える予定です。その生徒たちには、通常の授業の他に全員に部活動にも入ってもらいます。この学校はご存じの通り、軽度の知的障がいのある生徒を対象にしていますので、部活動も積極的に行っていきたいのです。先生は部活動の方は、いかがでしょうか」

校長の笑顔が消え、黒縁眼鏡の奥が真剣な眼差しになった。

「そりゃー、先生は、ソフトボールでしょう」

また教頭だった。

「いえ、私は、硬式野球部の顧問になりたいです」

語気を強めて言った。

「えー、先生。硬式野球って、硬いボールのでしょ」

教頭は驚いて、高い声を出した。

「はい。高野連に加盟できれば、と思っています」

「久保田先生、私は野球のことはあまり詳しくはないのですが、硬式野球は知的障がいのある生徒たちに、できますか。危なくないですかね」

校長が心配そうな顔になった。

「そりゃー、校長先生。硬式はボールが硬いので、危ないですよ。ボールが頭や目に当たれば、大変なことになりますよねぇ」

教頭はなぜか笑っていた。

「いえ、私の教えていたソフトボールも、当たれば大怪我をしてしまいます。要は、いかに指導者がよく野球のことを勉強して、安全管理を徹底するか、ということです」

「でもねぇ、先生。こういう学校で、硬式野球は前例がないですよねぇ」

また教頭が言う。

「はい。私は、軽度の知的障がいのある生徒が通うこの学校なら、挑戦してみる価値は大いにあると思っています。また、私はここまで十七年間、ソフトボールの指導をしてきましたが、いつも普通高校の生徒たちと同じように、練習に取り組んできました。先日は、一般のソフトボール大会で、健常者チームに勝つことができました。知的障がいのある生徒たちも、やればできることを証明しました。私は、自分の大きな夢だった高校野球の指導者として、新設校の生徒たちと一緒に、甲子園を夢見て歩んでいきたいのです。どうか、硬式野球へのご理解をお願いできませんか」

私は力説した後、校長を見続けた。

「……」

校長と教頭はしばらく、黙っていた。

少し時間が経ってから、校長が口を開いた。

「久保田先生の野球にかける思いと、熱意はよく分かりました。本日の面接結果は、後日改めて、先生の学校の校長にお伝えします。本日はお忙しい中、ありがとうございました」

私は席を立ち、深々と頭を下げた。

校長は立ち上がって頭を下げたが、教頭は座ったまま、次の面接者の資料を見ていた。

四月

私は慌てて携帯を取り、保護者に電話した。

「お母さん、今、大通りをちゃんと横断できましたよ。信号も自分で確認してましたから、大丈夫そうですよ」

「あー、そうですか。信号は分かりましたか。でも、駅の改札がしっかり通れるか、心配で……」

「お母さん、大丈夫ですよ。私に任せてください。先回りして、絶対に分からないように駅の改札そばで隠れて見ています。また、ご連絡しますね」

「はい。先生、入学早々、一人通学の練習を見ていただき、ありがとうございます」

「いえ、いえ、私も長いこと教師をやってますから、大丈夫ですよ。私にお任せください。お母さん」

野上由布子は東部養護学校を出てから、一人で大きな声を出し、ずっと歌いながら歩いている。由布子はダウン症の生徒だった。

♪　ピーヒャラ　ピーヒャラ　パッパパラパ　ピーヒャラ　ピーヒャラ　おどるポンポコリン　♪

私は先回りして、駅の柱の陰に隠れて、由布子の到着を待つ。

「お母さん、たびたび、すみません。帰りは切符を買いますよね。えーと、〇〇駅まで、ですよね」

「はい。〇〇駅まで、百二十円だと思います」

「分かりました。その後、電車のホームを間違えて、反対方向に乗ってしまうと、次の駅は、もう千葉県になってしまいますからね。電車に乗るまで、私が隠れて、確認しておきますよ。お母さん」

「はい。先生、ありがとうございます」

由布子は、自分で財布を出し、券売機に向かった。その様子を隠れたまま待つ。

(よし。ちゃんと買えたぞ。次は一人で、改札を通れるかだな。由布子、頑張れ……)

私がじっと見ていると、なぜか由布子が私に向かって歩いてくる。

(おい、おい、何だ)

私は慌てて身体を隠した。

「……」

もう大丈夫かなと思い、少しだけ顔を出す。

目の前に由布子がいた。

「久保田先生、さよならー」

満面の笑顔だった。

「あっ、き、き、気をつけて、帰りなね。さようなら……」

尾行は完全に失敗だった。

♪　ピーヒャラ　ピーヒャラ　パッパパラパ　ピーヒャラ　ピーヒャラ　おどるポンポコリン　♪

由布子は大声で歌いながら、改札を無事に通り、ホームも間違えることなく、帰る方向の電車に乗った。由布子はホームで見送る私に、笑顔で大きく手を振っていた。

「バイ、バーイ」

私は周囲を気にして小声で言いながら、小さく手を振った。

「お母さん、今、無事に電車に乗りました」

「はい。よかったです。娘は一人で、できていましたか」

「完璧でした……」

「あー、よかったです。高等部になったら、一人通学をやらせたかったので、先生、今日は本当にありがとうございました」

「いえ、由布子さん、かなりの力を持ってますから、もう大丈夫ですよ」

「かなりの力……、ですか」

「はい。また時々、様子を見ますよ。お母さん、それでは」

私は電話を切り、歩き出した。

俺も、まだまだ、だな……。

私の東部養護学校での教師生活が始まった。


土曜日。

午前中に行われた授業参観が終わると、すぐに学校を出て電車に乗った。

柏市内の高校のグラウンドに着くと、杉田が近づいて来た。

「コーチ、お疲れさまです。今日は午前中、仕事だったんですか」

「そうなんだ。授業参観日だった。授業が終わってから、急いで来たんだけど、今度の学校から柏までは、三十分位だったよ」

「そうですか。東京の西の学校から東の学校へ大横断ですね。でも柏までは、かなり近くなりましたね。今度の学校でもソフトボール部で教えるんですか」

「いや、今度の学校は、ソフトボール部はないんだよ」

「そうですか。では、土日は野球に集中できますね」

杉田は笑顔で言った。

「そうだな。土日は野球だ。今日も練習、頑張ろう。ところで、監督はまだかな」

「あっ、監督、来ましたよ」

杉田がライトポールの方向に目をやった。

監督が私の前で立ち止まった。

「久保田君、今日もご苦労さま。今日もよろしく、頼みます」

「はい。こちらこそ、よろしくお願いします」

「集合！」

主将が大きな声で言った。

ＹＢＣフェニーズの選手たちが、全員で輪を作った。

捜索

四月下旬、由布子の母親と面談の日。

「久保田先生、先日は由布子の一人通学で大変お世話になりました」

母親は丁寧に頭を下げる。

由布子の母親と会うのは入学式以来だが、この間に一人通学の件などで、何度か電話でのやり取りをしていた。由布子の母親は、電話口でいつも明るく応対してくれるので、とても話しやすかった。

「お母さん、先日はこちらこそ、お世話になりました。さあ、どうぞ、椅子に座ってください」

「野上さん、こんにちは。今日はよろしくお願いします！」

私と一緒に高等部一年B組の担任をしている小田恵美子先生が大きな声で挨拶した。小田先生は職員室や教室でいつも大きな声を出し、とにかく元気がいい。小田先生と仲よくしている女性教師は「小田先生は台風の目みたいよね」と聞いた私が思わず笑ってしまうことを言っていた。

小田先生はまだ母親が座っていないのに、すぐに話したくて仕方がない様子だ。あまり急ぐ必要もないので、私は小田先生に目配せをした後、母親が椅子に腰かけて、落ち着いたのを確認してから、話しかけた。

「お母さん、由布子さんは、毎日学校で楽しくやっていますよ。その後、一人通学の方はどうですか」

「はい。おかげさまで、今のところ順調です。中学で心障学級に通っていた頃は、家から歩いて十分位だったので、通学しやすかったのですが、高等部になると電車に乗らなければならないので、すごく心配でした」

「そうですね。でもお母さん、入学早々によく一人通学にトライしようと思いましたね」

「はい。由布子には高等部になったら、いろいろなことを一人でできるようになってほしいと思っています。中学の時にも一人で電車に乗る練習をやってみたのですが、なかなか続かなくて……。それで高等部になって、すぐ先生にお願いしてみようと思いました」

「そうだったんですね。先日の由布子さん、学校から駅までの道も一人で行けましたし、大通りでも自分で信号を確認してから渡ってました。ただ……」

「ただ？」

「ずーと、大きな声で歌っていました」

「やだー、由布子ったら、恥ずかしいですよね。先生、何を歌ってましたか」

「おどるポンポコリンです」

「あー、あの子、あの番組大好きで、いつもテレビを見ながら大声で歌っているんですよ」

「お母さん、私も自分の子どもと毎週見てますよ！　私も歌ってますよ！」

小田先生がここぞとばかりに割り込んできた。

「お母さん、私も由布子さんを隠れて見ていたので、歌っているのを注意する訳にもいかず……」

「そうですよねー。そこで先生が由布子の前に出てきたら、尾行がばれちゃいますよね」

母親は笑顔で言った。

「はい。私も長らく教師をやっているので、その辺は上手くやりますよ」

（由布子に駅で見つかったことは、内緒にしておこう……）

「由布子、切符も自分で買って、電車にも一人で乗り、○○駅で降りることもできたので、私もすごく嬉しくなりました。入学早々、一人通学をお願いしたのに、実は上手くいかなかったら、どうしようって、かなりドキドキして先生からの電話を待っていたんです」

「いやー。私も由布子さんを尾行している時は、上手くいってくれーって、念じてましたよ。でも、由布子さん、大きな声で歌いながらも、結構周りを見ているんですよ」

「えっ、そうなんですか。由布子、何かあったんですか」

（おっと、口が滑ってしまった……）

「えー、まあ。車に気をつけていたとか……、ですね」

「そう、ですか……」

母親は少し腑に落ちない表情だ。

「まあ、いずれにしてもお母さん。由布子さんは一人通学ができることも分かったので、これからもいろいろなことにチャレンジしていきましょう」

私は大きな声で言った。

「はい。先生、これからも由布子にはいろいろなことをやらせてみたいので、引き続きよろしくお願いします」

母親は座ったまま姿勢を正し、深く頭を下げた。

その後の面談は、しばらく話に参加できず、うずうずしていた小田先生が由布子の学校の様子や個別指導の書類の説明など、一人でしゃべり続け、独壇場となった。


面談から一週間後。

「久保田先生、野上さんからお電話です」

同僚の教師が私に受話器を渡す。

「はい。お電話変わりました」

「せ、せ、先生。由布子がまだ帰って来てません」

母親はかなり慌てていた。

「えー、何ですって。お母さん、少し落ち着いて話してください」

「ゆ、ゆ、由布子、まだ家に帰ってないんです」

「えっ、だってもう五時半ですよ。今日は三時半に下校しましたから、もうとっくに帰ってないと、おかしいですよね」

「は、は、はい。由布子がいつもの時間に帰って来ないので、私、心配で、○○駅まで見に行ったんです。駅の周りもしばらく探したんですけど、いなくて。今、家に戻って来ました」

母親は息を切らしながら話した。

「分かりました。今から、学校の方でもすぐに由布子さんを探します」

「はい。すみません。先生、お願いします。私も、もう一度駅までの道や駅の周りを探してみます」

「あっ、お母さん。お母さんは家にいてください」

私は少し大きな声で言った。

「えっ？　先生、私も探しに行かないと。由布子が迷子になっているかもしれないです」

「いえ、お母さんの心配も分かりますが、由布子さんが一人で帰って来た時に家に誰もいないと困ります。お母さんは家にいて、私たちが電話をかけたらすぐに出られるように、準備しておいてください。お母さんは絶対に外に出ないように。あと、お母さんから○○警察署に電話をかけて、由布子さんが帰って来ていないことを連絡してください。私たちは、学校から手分けして由布子さんを探しに行きます。くどいようですが、家の電話または携帯は必ず出るようにしてくださいい。お母さん、由布子さんは携帯持ってませんよね？」

「はい。持ってません」

「わかりました。では、また連絡します」

「あの、先生……」

私はすぐに電話を切り、管理職に報告して、教師の捜索をお願いした。

校内に緊急放送が入り、教師が集められた。

管理職の指示で、由布子が通学で利用している鉄道会社への連絡、学校から駅までの捜索、駅周辺の捜索、由布子の下車する駅周辺の捜索、下車駅から由布子の自宅までの捜索をする教師が割り振られた。それぞれの教師は、皆自分の名前と携帯番号をホワイトボードに書き、学校の自転車に乗って捜索に出て行った。

私は学校待機を小田先生に任せて、学校の最寄り駅まで自転車を飛ばした。駅前に着くと自転車を置き、改札横の窓口にいる駅員に話しかける。

「すみません。東部養護学校の者ですが、生徒が迷子になっています。駅のホームなどで、迷子になっている人の情報は入っていませんか」

「はい。ちょっとお待ちください。今、中で聞いてみます」

「お願いします」

しばらくして、駅員が再び窓口に出てきた。

「今のところ、迷子の情報はありませんね」

「そうですか」

私は由布子の身長や服装を駅員に伝えると、すぐホームに駆け上がった。

ホームに上がると、上下線ともに電車が行ったばかりのようで、あまり乗客はいなかった。念のためホームの端から探したが、やはり由布子はいない。

〝そうだ〟

私は急に閃いて、再び駅の窓口に向かって走り出す。

「たびたび、すみません」

「は、はい」

駅員はまた何事かと少し驚いた表情だ。

「すみません。この駅を四時前後に出た登り電車が○○駅まで戻って来る時間を教えてください」

「えっ、戻って来る電車の時間ですか」

「はい。お手数かけますが、調べてもらえますか」

「は、はい。ちょっと、お待ちください」

駅員は手元にある時刻表を調べる。

「えーと、三時四十二分発は終点で乗客を降ろした後に車庫に入ります。五十二分発は終点で折り返しですね」

「その電車は、折り返しの時、乗客が乗っていたら全員下ろしますか」

「いえ、寝ていたりしたら、そのままですね」

「その電車は、折り返した後、○○駅に何時に着きますか」

「えーと、ちょっと待ってください。○○駅には六時十五分着ですね」

私は改札にある時計を見た。六時十分だった。

私は駅の階段を一気に駆け上がり、六時十二分発の登り電車に飛び乗った。

由布子の下車駅まで約三分。

（この電車急げ！）

駅に着くと、私はダッシュで階段を下り、反対側のホームを目指して、階段を一気に駆け上がった。私は息を切らしながらも、先日一人通学の練習で由布子を見送った時に乗車していた号車を思い出し、そこを目指した。

すると電車の到着を知らせるアナウンスとともに、ホームの先に電車が見えてきた。

(やばい。ホームの前じゃない。折り返すから、ホームの後ろだ！)

私は慌てて、向きを変え、ホームを走り出す。

ホームを走っていると電車が入ってきた。

「二号車、二号車……」

電車が停車し、ドアが開くと同時に飛び乗る。

車内は通勤客で混んでいて、座っている人まではよく分からなかった。

電車のドアは閉まってしまい、走り出した。

「すみません。すみません」

私は車内に立っている人をかき分けて、座っている人を確認する。

(いたー)

由布子は座席で寝ていた。熟睡している。

「おい、由布子、由布子」

私は大きな声を出しながら、由布子の両肩に手を置いて、身体を揺すった。

「んっ?」

由布子が薄目を開けて、私を見た。

「おい、由布子、起きろ」

私は車内の乗客の視線を無視して、大きな声を出した。

「く、く、久保田先生……」

由布子が声を絞り出す。

電車は学校の最寄り駅に着いた。

「おい、由布子、とにかく降りるぞ。えーと、鞄は？」

由布子の足元にあった。

私は左手に鞄を持ち、右手で由布子の手を強く握り、一緒に電車を降りた。

（ふー）汗がどっと出た。

「ふあー、あー」

由布子が大きなあくびをする。

「由布子、電車の中でずっと、寝てたのか」

「先生」

「んっ？　どうした」

「おしっこ」

「そうか。じゃあ、トイレに」

「出る」

「出るって、おい、ここで漏らすなよ。トイレに行くぞ。由布子、我慢しろ！」

私は由布子の手を引っ張り、急いで階段を下りて、トイレに向かった。

しばらくすると、由布子がすっきりした顔でトイレから出てきた。

（間に合ったー）また汗がどっと出た。

私はすぐに携帯を出し、由布子の母親に電話する。

「はい」

母親はすぐに電話に出た。

「由布子さん、見つかりました」

「あー、よかった……。せ、せ、先生……」

母親は言葉が出てこない。

「今、由布子さんと△△駅にいます。今から一緒に電車に乗るので、お母さんは○○駅の改札で待っていてもらえますか」

「は、はい。私、今、○○駅の駅前にいます。もう心配で、心配で。家はお父さんに早く帰って来てもらいました」

「分かりました。では、今から向かいますので、少し待っていてください」

「はい。先生……」

「はい？」

「ありがとうございました……」

母親の鼻をすする音が聞こえた。

「いえ、由布子さん、無事に見つかってよかったです」

私と由布子は改札横の窓口にいる駅員にお礼を言って、再び電車に乗った。

二人は並んで座った。

「先生」

「んっ？」

「寝ちゃった……」

「そうか。今日は体育でたくさん走ったから、疲れちゃったな」

「うん」

「でも、これからは、寝ないように気をつけような。由布子、次の駅まで三分だよ。明日からは三分、起きている練習をしような」

「うん！」

由布子は笑顔で返事をした。

グラウンド作り

私がコーチを務めているYBCフェニーズは、社会人野球におけるクラブチームに属していた。一方、同じ社会人野球でも会社登録チーム（通称企業チーム）というのもある。こちらはその名の通り、企業活動の一環として野球を行うというもので、企業から給料をもらい野球ができる。ほとんどプロに近い形態であった。クラブチームは企業チームと違い、野球をやりたい者が自発的に集まった有志により運営される硬式野球チームとなる。いわゆる「草野球」と違うのは硬球を使用する硬式野球であること。またクラブチームも企業チームと同じように都市対抗予選や日本選手権予選に参加することができた。だが、クラブチームは選手それぞれが別々の仕事であったり、学生であったりするため、チームとしてまとまって練習するのは土日や祝日しかなく、練習グラウンドも公営グラウンドや大学、高校のグラウンドを借りなければならない。またクラブチームの運営資金の大半は選手たちの部費であった。ほとんどプロとして野球に取り組める企業チームとは、環境面や野球にかける時間、資金面で大きな差があった。

五月、コーチに就任してから二回目の都市対抗千葉県予選の日を迎えた。

都市対抗野球大会は一九二七年（昭和二年）に始まった大変歴史のある大会だ。この大会は日本の各都市を代表するチームを競わせる大会で、「都市名・チーム名」という独特の表記で大会に参加する。今大会のパンフレットには「柏市・ＹＢＣフェニーズ」と表記されていた。

チームは、まず千葉県のクラブのみで戦う一次予選に出場する。そこで一位と二位のチームが二次予選に進出できる。二次予選では企業チームと戦う。千葉県の企業チームはＪＦＥ東日本とかずさマジック（現　日本製鉄かずさマジック）がシードで待ち構えていた。その二次予選で三位以内に入ると、南関東大会に進出できる。南関東大会は、千葉県の企業チームはもちろんのこと、埼玉県の企業チーム、ホンダと日本通運がいる。南関東は大手企業ばかりなので、その大会をクラブチームが突破して、都市対抗本大会に出場するのは、かなり厳しいと思われていた。

チームは一次予選の初戦で東金市のクラブチームに四対三で勝利したが、二回戦で昨年コールド負けした市原市のクラブチームにまたしても〇対十で大敗してしまった。

私は二年連続の大敗に大きなショックを受けた。昨年の大敗後には、多くの選手がチームを去ってしまった。中には「こんなチームじゃ絶対に勝てないよ」と捨て台詞をはいて辞めていく選手もいた。

また、昨年のように退団者が続出したら、どうしよう……。

都市対抗予選が終了してから約二か月後、私の携帯に監督から電話があった。

「久保田君、グラウンドの件、何とかなりそうだよ」

監督の声が弾んでいた。

「えっ、どこのグラウンドですか」

「昨年、私がグラウンドを借りようと交渉していたあの県立高校が廃校になって、そのグラウンドを使用できる可能性が出てきたんだ」

監督の声は弾んだままだ。

ＹＢＣフェニーズがチーム力を上げるためには、専用グラウンドを確保して、練習環境を整える必要があった。ここまでは、月末が近づくと監督自らが翌月土日の予定を入れるために、野球部のある高校にグラウンド借用のお願いをし、大学野球部や他のクラブチームの監督に電話して、先方での練習試合の調整をしていた。企業チームであれば、練習試合の調整などはすべて渉外担当のマネージャーが行い、監督が動くことはまずない。ＹＢＣフェニーズにもスタッフはいたが、月～金は自分の仕事に忙殺されているため、チームの渉外事で動くには限界があった。監督は時々、どうしてもこの日が埋まらないと、ぼやいている時があった。練習グラウンドが確保できず、練習試合も組めないと、チームは休みということになってしまう。

昨年、チームを辞めた選手には、毎週しっかり練習や試合のできるチームでやりたいと、他のクラブチームに移籍した者もいた。

だが、私はそんなマネージャー業務までも黙々とこなす監督の姿に、いつも頭の下がる思いだった。

監督は昨年、その県立高校の校長に会い、土日で野球部がグラウンドを使わない時間帯に借用できないかと、交渉していた。校長からは前向きな返事があったので、監督も少し安堵していたが、土壇場になって、現場である野球部の監督が難色を示し、グラウンドを借用することができなくなっていた。

その県立高校が昨年度末、廃校になった。

そのグラウンドを借用できるようになった背景には、監督が行政を中心に粘り強く交渉を続けていたことが大きかった。

監督のチームにかける強い思いが、やっと実った。

後日、監督はチームのスタッフや選手たちにグラウンドの件を伝えた。

監督はここまでの自分の苦労をまったく語らなかったが、安堵した表情で私に語りかけた言葉がすべてを物語っていた。

「久保田君、これで、選手たちが思いっきり練習できるよ。よかった……」

七月中旬の土曜日、初めて新グラウンドに行った。

「……」

私は唖然として、言葉が出なかった。

県立高校の廃校が決定してから、約半年間、このグラウンドは放置されたままだったのだ。グラウンドのあちこちに苔が生えて、表面は凸凹が激しく柔らかくなっていた。また大小の石も散乱し、雑草は伸び放題である。とても野球ができる状態ではなかった。

私は唖然としていても仕方がないので、選手たちと一緒にグラウンド作りを開始した。

早速、選手たちから元気のある声が聞こえてきた。

「こんなところに鎌が落ちてたぞ。錆びてるけど何とか雑草は切れるぞ！」

「草むらの中にネットが埋もれてました。まだ全然使えますよ！」

「奥にある物置の中にベースやラインカー、巻き尺が残ってました。ラッキーです！」

「久保田コーチ、三塁ベースがどうやっても穴にはまりません。どうすればいいですか？」

「……」

その後も土日の練習と並行してグラウンド作りを行った。グラウンドにあった物置は開けたはいいが、閉まらなくなってしまった。これでは、チームの道具を中に入れても風雨でやられてしまう。選手たちと思案していると、翌週には小型ながら新しい物置がグラウンドに置かれていた。杉田に聞くと、物置の件を聞いた監督が実家にあった物置を運送業者に手配して設置したという。さらに、もっと困ったことがあった。このグラウンドにはトイレと水がなかった。男ばかりの集団とはいえ、これには参った。しばらくすると、今度はグラウンドに簡易トイレが置かれていた。監督が行政に掛け合った結果、簡易トイレを設置してくれた。

しかし、まだそこで使う水がない……。

練習時、監督が呟いた。

「久保田君、あの家の水、もらえないかな」

「えっ、水をもらう？　ですか……」

監督の視線の先を見ると、グラウンドから大きな道路を隔てた約百メートル先に一軒の民家があった。

「あそこの家に頼んで、長いホースを買ってきて繋げば、何とか水が使えるよな」

「はい？　でも監督、百メートルものホースを繋ぐのは大変ですし、第一、あの家の人が許可してくれますかね」

「……」

監督は民家を見つめたままだ。

監督と話した後、私はノックバットを手にして練習に参加した。

しばらくすると監督がグラウンドから消えていた。私が選手に監督のことを聞くと、何やら一人でグラウンドから外に出て行ったという。まさかと思い、先程の民家に目を移すと、監督が民家の主と思われる年配の男性と楽しそうに話をしていた。

「監督……」

しばらくすると、監督が颯爽と戻ってきた。

「久保田君、水、ＯＫだったよ。月ごとに少しお金を払うことにした。早速、ホースと水を溜める大きなタンクを買わないとな」

監督は満面の笑顔だった。

「監督、よかったです。監督のグラウンドにかける執念が実りつつありますね。これで選手たちも心置きなく、野球に打ち込めます」

「そうだな……」

監督はグラウンドでバッティング練習をしている選手たちを見つめていた。

ダイエット

「あれー、奈央さんの家、この辺のはずなんだけど……」

小田先生は地図を見ながら、キョロキョロしている。

「それより久保田先生、今日は何でこんなに暑いのかしら」

「そうですね。何でですかね……」

小田先生はショルダーバッグの中からハンカチを出すと、銀縁の眼鏡を取りながら、額の汗を拭いた。

「やだー、もう夏になっちゃうのかしら。私、暑いの大嫌いなんですよー」

「……」

小田先生はハンカチをショルダーバッグの中にしまうと、今度はペットボトルを出し、グビグビと飲んだ。

「あー、おいしい。私、このミルクティー、大好きなんですよ。この甘さに癒されるー」またグビグビと飲む。

「あっ、小田先生、奈央の家、あの路地を入ったところではないですか」

「んっ、久保田先生、ちょっと待ってくださいね。えーと、三丁目の十一番地だから、あっ、そうですね、あそこのアパートの一〇二号室です。あー、見つかってよかった」

小田先生は、右手に持っていたミルクティーを全部飲んでしまった。

「さあ、久保田先生、奈央さんの家に行きましょう！」

「……、はい」

由布子の母親との面談の翌日、高山奈央の家庭訪問に行った。

東部養護学校では、一年生の四月下旬に保護者が学校に来る面談または家庭訪問を行うことになっていた。面談にするか家庭訪問にするかは各家庭の希望を聞き、その日程は担任が調整して、決めていた。

奈央の家は路地の一番奥にあるアパートだった。そのアパートは、隣の三階建ての集合住宅の陰になってしまい、まったく日が当たっていなかった。

「あれー、久保田先生、一〇二号室って、どっちですかねー」

「えっ、だって、入口のドアに部屋番号か名前が書いてあるでしょ」

「それが、ないんですよー。ほら、久保田先生も見てくださいよ」

「本当だ。これでは、どっちが奈央の家か、分からないですね。たぶん、こっちの奥の部屋だと思いますけど……」

ピンポーン。

「あっ……、小田先生。もう押しちゃったんですね……」

「だって、外にいると暑いし、違っていたら隣の部屋に行くだけでしょ。一階に二軒しかないんだから、確率は二分の一ですよ。久保田先生！」

「……、そうですね」

するとカチャと鍵を開ける音がして、ドアが開き、中から奈央が顔を出す。

「あー、奈央さん！ よかった！ こんにちは。お邪魔しますねー」

小田先生の元気な声が薄暗いアパート一帯に響く。

中に入ると、すぐに靴を脱ぎ、揃えて置いてあるスリッパを履いた。部屋の中を確認すると、私の立っている右横に小さい流し台があった。その流し台の奥にドアが見えたので、たぶんトイレだろう。視線を前に戻すと、目の前が畳部屋になっていた。四畳半の大きさだ。その畳部屋の左側はなぜか灰色のカーテンで覆われていた。

奈央の家、たぶん、風呂はないな。

その畳部屋の中央に奈央の母親が正座をしていた。母親の前には、茶色のちゃぶ台が置かれていた。

「先生、わざわざ、家までありがとうございます。本当に狭い家で申し訳ありません。どうぞ、そこに座ってください。今、お茶を入れてきますので」

奈央の母親はかなり年配で、髪の毛のほとんどが白髪だった。入学式で初めて会った時は奈央のお祖母さんかと思った程だ。

「お母さん、どうぞお構いなく」

小田先生が珍しく小声で言った。

奈央は母親と二人暮らしだった。母親は日中、家で内職をしていた。灰色のカーテンの奥には内職で使う道具類が入っているそうだ。ただ、母親の内職の収入だけでは生活が苦しいので、生活保護を申請して、受給していることも話してくれた。

母親の話から奈央の生活の様子を一通り把握した後、小田先生が話した。

「お母さん、奈央さん、お風呂は？」

実は、奈央は体臭がきつく、クラスメイトからも時々指摘さてしまうことがあった。学校の制服のワイシャツや体操着も汚れたまま着ていることが多かった。

「うちにはお風呂がないので、近くの銭湯に行っています」

「そうなんですね。銭湯は毎日ですか」

小田先生は遠慮なく聞いた。

「えー、まあ、毎日ではないですけど。ねぇ、奈央」

母親は言いにくそうだ。

「お母さん、奈央さんは、ちょっと臭いがきつい時があって」

小田先生の声が大きくなった。

「はい。銭湯に行けない時は、身体を拭いたりして……、はい」

「お母さん、あのですね」

小田先生がまた話し出したので、私が割り込んだ。

「お母さん、銭湯のお金も毎日だと大変ですよね」

「はい。毎日は、ちょっと」

「ですよね。ところで話は変わりますが、通学の時はバスですか」

「はい」

母親は奈央の顔を見た。

「そうですか。それで、お母さん、男の私から言うのも何ですが、奈央さん少し太り気味なので、ダイエットも兼ねて、通学の時はバスから徒歩に変更したらどうかなと思いまして。学校まで歩いてどの位ですか」

「奈央、どの位なの」

「四十分位」

奈央はすぐに答えた。

「そうですか。ダイエットにはちょうどいいですね。早速、明日から、やってみませんか。学校に着くと、たぶんかなり汗をかいているので、小田先生にお願いして、学校のシャワーを借りて、汗を流してから、体操着に着替えるといいですよ。ねぇ、小田先生」

「久保田先生、それはいいですね！　奈央さん、歩けばダイエットにもなるわよ。明日から頑張りましょうね。ダイエット！」

「はい……」

奈央は母親の顔を見ながら、小声で返事をした。


一か月後。

「久保田先生、奈央さん、歩いて通学を始めてから、今日で一か月経つんですけど、体重、まったく減らないんです。どうしてなのかなあ」

小田先生は生徒が下校した後の職員室で私に話した。私に話した後、小田先生はペットボトルに入ったミルクティーを一気に飲み、机の中からチョコレートを出した。

「奈央さん、隠れて甘いジュースを飲んだり、お菓子を食べたりしているのかしら。だから、痩せないんだわ。きっと、そうよ。そう思いませんか、久保田先生も」

小田先生は、板チョコを割ってから、口の中に入れた。

「……」

私はチョコレートを食べている小田先生を見つめた。

「あっ、久保田先生もチョコ、食べますか？　これ、すごくおいしいですよー。私、知らないうちに平気で一枚食べちゃうんです。また太っちゃうのにねー」

小田先生は笑顔で話す。

「……」

私はまだ小田先生を見つめたままだった。


翌日の下校時、私は奈央の後を見つからないように、ついて行く。

奈央は自宅を目指して、ゆっくりと歩いていた。今日は晴れているが、あまり気温は高くなく、時折吹く風が気持ちよかった。

奈央は三十分程歩いたところで、急に立ち止まり、周囲を見渡した。

（やばい、見つかったか）

私は慌てて、電柱の陰に隠れた。

すると奈央は、すぐ隣にあったスーパーに入って行った。

（やっぱりな……）

しばらくして、奈央が右手にスーパーのビニール袋を持って出てきた。

私は、電柱の陰に隠れたまま奈央を見ている。

奈央はスーパーの前を歩き、建物の角を曲がったところにあるベンチに座った。ここなら、前の通りからはあまりよく見えない。私も電柱の陰から離れて、奈央の見える位置まで移動した。

奈央はスーパーのビニール袋から一ℓのコーラのペットボトルを出し、そのままグビグビと飲み始めた。コーラを飲んだ後、またビニール袋に手を入れ、今度は菓子パンを出す。かなり大きめのメロンパンだ。奈央はそのメロンパンの袋を一気に開けて、ムシャムシャと食べ始めた。そして、またコーラを飲む。

（奈央、すごく、嬉しそうだな……）

私はしばらく奈央の様子を見ていた。

そして、奈央が再び歩き始めたのを確認して、奈央の後を追いかけた。

「あっ、奈央」

「あっ、久保田先生」

奈央が驚いて私を見た。

「おー、歩いてるの頑張ってるな。先生もちょっと運動しようかなと思ってさ」

「そう……、なんですか……」

奈央は下を向いてしまった。

「奈央、これから暑くなるから、汗かいたら、水分摂るんだぞ」

「は、はい……」

また二人でしばらく歩いた。

奈央の家が近づいて来たところで、私は奈央に話しかけた。

「奈央、お母さんは奈央が長い時間かけて学校まで歩いて行くの、本当は心配なんだよな。だからいつもバス代を渡してくれる」

「……」

「奈央は家でお母さんがお金のことを心配しているのを知っているから、家に帰ってからは、お菓子食べたいとかジュース飲みたいとか、言えないんだよな。でも、奈央も食べたいよな。奈央の気持ちは、先生もよく分かるよ。小田先生はもっとよく分かると思うよ」

「……」

「奈央、先生からお願いなんだけど。明日からは、さっきのスーパーで晩御飯のおかずとついでに奈央の好きな飲み物とお菓子を買ってから、家に帰ったらどうかな。そうすれば、お母さんも助かると思うよ。私、毎日しっかり歩いて、ダイエット頑張る。帰りに買い物もしてくるよって、お母さんに言ってみな。そうすれば、お母さんも、喜んでくれると思うよ」

「は、はい」

奈央は少し顔を上げてから、返事をした。

「だけど奈央、飲み物な、コーラはちょっと我慢しような」

「は、はい……」

奈央は恥ずかしそうに、下を向いてしまった。

退団

九月中旬の日曜日、今年も日本選手権千葉県予選が新日本製鉄君津球場（現　日本製鉄君津球場）で行われた。昨年、初戦は突破したものの、二回戦で企業チームに大敗したので、何としても雪辱を果たしたかった。

今年は初戦からいきなり企業チームと対戦した。三回までは何とか投手が踏ん張り、相手に点を与えなかったが、四回の裏、急に投手が乱れてしまい、一気に八点を失ってしまった。もうこうなると実力で勝る企業チームの勢いを止めることはできなかった。結果は昨年に続き、大敗となってしまった。

チームはやっと専用グラウンドが使えるようになり、ようやく練習に打ち込める環境が整ってきたが、企業チームとの実力差はまったく埋まっていなかった。

私は養護学校ソフトボール部で生徒を指導していた時を思い出す。あの時も健常者チームに毎年立ち向かっていったが、まったく歯が立たなかった。

初めて健常者チームに勝利するまで、十七年の歳月が必要だった。

私はクラブチームが企業チームに勝つことも同じだと思った。


十月上旬、監督から電話があった。

「久保田君、○○と○○から連絡があって、話がしたいそうだ。久保田君も同席してくれるかな」

「はい。分かりました」

監督に連絡したのは、ここまでチームを懸命に引っ張ってきた主将とエース投手の二人だった。

私は嫌な予感がした。

数日後、四人が対面する。

開口一番、主将が切り出した。

「監督、今日までYBCでお世話になり、大変感謝しています。今日このような話を監督にするのは心苦しいのですが……」

主将は語尾を濁した。

「何だ。遠慮しないで言ってみろよ」

監督は淡々と話す。

「はい。実は近々行われる北信越独立リーグのトライアウトを受けたいと思いまして、こいつも一緒なんですが……」

主将はエースを見ながら言った。

独立リーグは日本プロ野球（日本野球機構が運営）とは別に、地域などで作られた組織が独自に試合を開催している野球のリーグである。一般的に独立リーグの球団には、選手や監督、コーチら三十人前後が所属している。リーグ戦中は選手たちに給料が支給され、オフは各自別の仕事をしたり、海外のリーグに参加したりする。しかし、リーグによっては、選手は無給でプレイし、アルバイトで生活費を賄っている例もあった。

監督は主将の話を聞き、しばらく無言だった。

「ここでチームを離れ、トライアウトを受けるのは、仲間への裏切り行為だと、よく分かっているつもりです。自分が主将でこいつがエースという責任のある立場だということも理解しています。ですが、監督、我々も二十代後半になり、もう後がありません。お金をもらって毎日野球がしたいのです。わがままなことは承知しています。どうかトライアウトを受ける許可をいただけないでしょうか」

主将とエースは監督に向かって、深々と頭を下げた。

「おい、君たち。それは、あまりにも自分勝手じゃないか。自分でもチームの仲間への裏切り行為と言ったじゃないか。主将とエースという自分たちの立場が分かってない」

「久保田君、いいよ」

監督が私の話を遮る。

「分かった。君たちが抜けるのはチームにとって痛手だが、仕方ない。トライアウト、頑張ればいい」

去る者は追わず。監督はここでも自分の意志を貫いた。

私は大きなショックを受けた。

やっと専用グラウンドも軌道に乗り、これから腰を据えて練習を行い、都市対抗予選や日本選手権予選で企業チームに挑戦する。また、クラブチームの頂点を競う全日本クラブ選手権への出場も目指していた矢先の主将とエースの退団宣言。彼らがトライアウトに受かる保証はないが、二人の実力からするとまず合格するはずだった。

昨年の都市対抗予選大敗後の選手の大量退団。その後チームはまったく勝てず、負け続けた。それでも、監督を中心に残った選手たちは腐ることなく、白球を追いかけた。

それなのに、また……。

虎　担

一月、文化祭が無事に終了した。東部養護学校の文化祭は、生徒たちが出演する劇発表と作業学習で制作した作品販売が主だった。その劇の台本は教師が作る。劇担当になると台本作りを始め、生徒の配役決め、教師の役割決めなど多くの仕事を抱えることになる。また本番までの生徒指導も担当教師がメインに行う。作品販売では、もちろん生徒が制作したものを販売するが、販売場所である作業室や教室の模様替えなどは、作業学習を担当する教師が行わなければならない。養護学校は普通高校のように、生徒たちが自分で進めることが難しいので、かなり教師に負担が掛かってしまう。それでも、東部養護学校の教師たちは生徒が上手く発表できるようにと、みんな懸命に頑張っていた。

「加山先生、劇、上手くいってよかったですね。担当、お疲れさまでした。無事に終わって、ほっとしたでしょう」

私は職員室に行くと、今回一学年の劇を担当した教師を労った。

「はい。久保田先生、ありがとうございます。無事に終わって本当によかったです。先生にも照明を担当していただき、本当に助かりました。ありがとうございました」

真面目な加山先生はわざわざ自分の席を立ち、私に向かって深々と頭を下げた。

私は加山先生の律儀な態度に感心しながら、自分の席に戻ると、隣の小田先生は紙パックのコーヒー牛乳を飲みながら、一息ついているところだった。

「あー、やっぱり、いつものミルクティーの方がよかったなあ。このコーヒー牛乳、何か甘さにパンチがないのよねー」

（小田先生は、私に話しているのか……）

「これじゃあ、何か、文化祭の疲れがとれないのよね。いつもの買ってこようかしら、ねぇ、久保田先生」

（私だった……）

「でも、小田先生、甘いのを二本も飲むと、せっかく文化祭業務で消費したカロリーが台無しになってしまいますよ」

私も小田先生と担任を組んで約十か月、言いたいことを言えるようになった。

「あらやだー、久保田先生。またカロリーの話なんかして。私だって、奈央さんに負けないように努力してるんですよ」

「それは、それは、小田先生。失礼しました」

私は笑いながら言った。

小田先生によると、奈央の体重はあれから二kg減ったそうだ。見た目にはあまり変わっていなかったが、毎日の徒歩通学と買い物を頑張っていた。奈央にはしつこく聞いてないが、たぶん帰りに寄るスーパーで、ジュースやお菓子を買い、食べているのだと思う。小田先生ではないが、奈央にも毎日の楽しみがあってもいいのかなと思い、ついついその後の様子を聞かないままでいた。

「それより、久保田先生。今度の虎担《とらたん》は、加山先生らしいですよ」

小田先生は文化祭担当が終わり、一息ついている加山先生を見ながら言った。

「えっ、小田先生。虎担って、何ですか」

「あら、やだー、久保田先生。虎担、知らないんですか」

「はい」

「虎雄君の担任のことですよ。今の担任の先生、もう虎雄君の担任は絶対にやりたくないって、次は他の学校に異動するんですよ」

「ふーん、そうなんですか」

「で、次に白羽の矢が立ったのが、加山先生なんですよ。加山先生すごく真面目だし、虎雄君のお父さんとも上手くやれそうですよね」

小田先生は今にも加山先生に話しかけてしまいそうだ。

「小田先生、あまり大きな声で話すと加山先生に聞こえますよ。加山先生、今日は文化祭も無事に終わり、ほっとしていると思うので、静かにしてあげましょうよ。それより、小田先生は何でまだ発表になっていないのに、次の担任や異動する人のことまで知っているのですか」

「それはね、久保田先生。私の情報網でいろいろとね……」

小田先生は少し胸を反らした。

（小田先生は、学校情報の目にもなっていたのか……。恐るべし……）

岡田虎雄。

由布子や奈央と同じ学年の生徒だった。小学校と中学校は普通学級に在籍しており、高校生になる時に東部養護学校に進学した。今の担任によると、小学校や中学校の担任もその都度同じ学校内にある心障学級に移ることを勧めたようだが、虎雄の父親が断固反対したという。うちの子どもは障がい者ではない。うちの子どもの勉強が分からないのは、教師の教え方が悪いからだ。

これが、父親の言い分だった。

高校は義務教育ではないので、普通高校を受験したが、都立も私立もすべて不合格となり、このままだと学校に通えなくなるので、養護学校に来ることになった。

父親は虎雄が受験に失敗したのは中学の担任の指導力不足だと、その学校の校長に文句を言ったそうだ。

東部養護学校に入学した後の面談でも、父親は担任に対して、虎雄が学校で勉強してほしいことを十枚に渡る紙にびっしりと書いて持ってきたという。担任はその紙を見ただけで、辟易してしまった。

授業が始まってからも、うちの子どもは障がい者ではないのだから、養護学校にいるのはおかしいとか、毎日の授業内容についてもかなり細かくチェックして、次の日の連絡帳にあれが駄目、これも駄目だと書いてきた。私も一度その連絡帳を見せてもらったが、すごく細かい字で、各教科のことについて書いてあり、驚いたことがあった。

担任は毎週木曜日に行われる学年会で虎雄の父親について報告する時に、ついため息が出てしまい、ほとほと疲れたという感じで話をしていた。

先日の二学期末の面談では、父親が自分の主張を一方的に話すので、途中で父親の話を遮り、学校からの話をしようとすると、父親が急に激高してしまい、そのまま帰ってしまったそうだ。すると父親はすぐに都教育委員会に電話をして、担任が自分の子どものことをまったく考えていないと、強く抗議した。

「あー、もう嫌だ。虎雄の父親の相手をしていると、こっちがおかしくなる。もうやってられないよ」

虎雄の担任は生徒が下校した後の職員室で、よく愚痴をこぼしていた。

二月下旬、職員会議の日。

「えー。虎担、久保田先生よ！」小田先生が職員室中に聞こえる大きな声で叫んだ。

私も来年度体制が掲載されたプリントを見た。

二年E組　担任名　久保田浩司　渡部絢子
　　　　生徒名　……　岡田虎雄　……　……　……　……

「あーあ。久保田先生とお別れ！　また一緒の担任がよかったのに！」

小田先生の叫び声が止まらなかった。

「……、まじか」

私はプリントを凝視したまま、しばらく固まっていた。

面談

四月、新学年がスタートした。

この四月から東部養護学校は東部特別支援学校に校名が変更された。

「初めまして、渡部絢子です。よろしくお願いします」

絢子先生は上下とも濃紺のスーツ姿で私に丁寧な挨拶をしてくれた。身長は百五十cm位と小柄だったが、髪はショートカットでくりくりとした目が何とも可愛らしい。年齢はまだ二十代後半に見えた。

「あー、久保田先生。何、渡部先生を見て、にやついているんですかあ」

私の斜め前の席から大きな声が聞こえた。小田先生がわざわざ立ち上がって話しかけてきた。

「昨年の四月に久保田先生が転勤して来て、私と初めて会った時、そんな嬉しそうな顔してませんでしたよねー」

小田先生が私を凝視する。

「そんなことは、ないと思いますけど……」

（小田先生のおっしゃる通りです）

絢子先生は、私と小田先生のやり取りを聞いて、くすっと笑っていた。

その笑顔がまた何とも可愛らしかった。

「あー、また、にやついた。久保田先生、もう四十過ぎたんだから、若い女の先生を見てにやつくと、犯罪になりますよ！」

小田先生がさらに大きな声を出す。学年の教師もみんな笑っていた。

（おい、おい。いつから、おっさんが若い女の子を見て、にやつくと犯罪になったんだ。小田先生は法律の目にもなったのか……。それより、私は、本当に絢子先生を見て、にやついていたのか。本当なら、かなりまずいぞ……）

「久保田先生、私、この学校に来るまで、肢体不自由の学校の経験しかないんです。知的障がいのある生徒の学校は初めてなので、何も分かりません。ご迷惑をおかけすると思いますが、よろしくお願いします」

絢子先生は自分の椅子に座ったまま、深く頭を下げた。

（ここは口を真一文字にして、絶対に、にやつかないぞ）

「いえいえ、ご心配なく。私の方は、知的障がいのある生徒の学校ばかり経験しているので、お任せください。分からないことは、遠慮なく聞いてくださいね」

私は少し胸を張って言った。

「はい。久保田先生、私、本当に分からないことだらけなので、いろいろと教えてください」

絢子先生が私を見つめた。

「は、はい。こちらこそ、よ、よろしくです」

（おい、四十過ぎたおっさん。何、ドキドキしてんだよ）

私はすぐに小田先生を見た。幸い小田先生は新しく担任を組む教師との話に夢中になっていた。

（ふー、助かった……）

「それで、いきなりの話で恐縮ですが、うちのクラスにちょっと大変な保護者がいまして」

「はい。さっき校長先生にも少し聞きました。何か、昨年からいろいろとあったみたいですね」

「そうなんですよ。早速、再来週に面談があって、その父親が来るんです。またそのうちにゆっくり話しますので」

「はい。分かりました」

絢子先生は少し不安そうな表情で返事をした。

「初めまして、虎雄の父親です。いつも息子がお世話になっております」

虎雄の父親は面談の行われる教室に入ると、すぐに立ったままの姿勢から、深々と頭を下げた。父親は身長百七十cm位で、髪は少し白髪が混じっているが、ふさふさの髪を自然な感じで流していた。父親は上は長袖の白いカッターシャツで下はベージュのチノパンをはいている。父親の挨拶の仕方や清潔感のある服装から、私の父親に対しての第一印象はすごくいい感じだった。

「担任の久保田です。今日は、お忙しい中、ありがとうございます」

「渡部です。どうぞよろしくお願い致します」

父親はまた私と絢子先生に深く頭を下げた。

父親が椅子に腰かけたのを確認してから、私はあらかじめ一番先に切り出そうと、用意していた話を口にした。

「お父さん、いきなりですが、岡田の姓で虎雄君の虎。お父さん、阪神タイガースのファンですよね」

「……」

私は最大限の笑顔を作り言った。

父親が無言で私を凝視する。

（あれ？ どうした……）

「私は、野球にはまったく興味ありません」

父親は淡々と言った。

（やばい。いきなり、外したぞ）

「私は寅さんの映画が大好きです。あの人情味のあるところが特に好きです。あと、勇猛果敢に敵に挑む猛獣の虎が気に入っています。その二つの理由で虎をつけました。雄は私の健雄の雄です」

「はい……」

私は少し下を向く。

「ところで、久保田先生は、身体を鍛えていますか」

「はい？」

「いいえ、さっき立っているところを拝見したら、失礼ですが年齢の割には、かなり筋肉がついて、身体も締まっていると思いましたので」

「あっ、そうですね。太らないようには気をつけています」

「トレーニングジムに行ったり？」

「えー、まあ、週二回位ですけど」

「そうですか。私は身体がぶよぶよして太っている人はまったく信用しません。なぜなら、太っている人は自分に甘いからです。自分に甘い人は、何をやっても駄目だと思います」

「はあ……」

「私もほぼ毎日ジムに通っています。あと虎雄にも行かせています。二人で最寄り駅のそばにあるジムの年間会員になっています。私は昼間に行き、虎雄は学校が終わると、そのままジムで鍛えてから、家に帰って来ます」

私は、太ってはいないが、決して筋肉質ではない虎雄の姿を思い出す。ふと横を見ると絢子先生も同じことを考えていたのか、少し怪訝そうな顔で私を見ていた。

「先生、私が虎雄をジムに通わせているのは、身体を鍛えることはもちろんですが、普通の子と同じように生活させたいからです。先生、この学校の生徒で一般の人が利用するトレーニングジムに通っている人はいますか。たぶん、多くの人はお遊戯的なところに行って、みんなでお楽しみごっこをしているのではないですか。そんなことをしているから、みんないつまで経っても、障がい者のままなんですよ。虎雄は普通にジムのカードを持って、普通の人と同じ料金で利用しています。私はとにかく虎雄には、普通になってほしいんです。だから、普通の人と同じように生活させているんです」

「はい」

（とにかく、ここは父親の言い分を聞くしかないな）

「私は、虎雄が小さい時から、男手一つで育ててきました。小学校に上がる頃に、保育園の先生から、虎雄が発達診断を受けることを勧められましたが、私は無視しました。また同じ先生から小学校内にある心障学級に行くことも言われたのですが、私はその先生に思いっきり怒鳴ってやりました。虎雄は、私が徹底的に鍛えて、普通にしているんだと。小学校では、虎雄は必要な教育をまったく受けることができませんでした。いつも虎雄は蚊帳の外です。二年生か三年生の頃でしたか、担任が虎雄に授業の介助員をつけることを提案してきましたが、これも断固拒否しました。なぜなら、介助員をつけるのは、担任が虎雄の指導から逃げることになるからです。虎雄は担任の教え方が悪いから、授業が分からない。授業が分からないから、落ち着かない行動をする。大きな声を出したり、騒いだりするんです。私は、学校の授業が遅れた分は家で徹底的に勉強させました。毎日二時間はやりました。私は虎雄の集中力がなくなってくると、思いっきり顔や背中を叩きます。そうすると虎雄の集中力は蘇ってくるのです。さっきも言いましたが、学校の先生の話は聞かなくて、私の話は聞くんです。その差は虎雄に対しての指導力があるかないかなんです。小学校、中学校ではどの先生もまったく駄目でした。何かあると、すぐに心障学級に行けと言う。私はそのことで小中ともに校長に呼ばれました。もちろんその都度拒否して、学校に対しての文句を散々言ってやりました。またそのたびに区の教育委員会にも通報していきます。虎雄には勉強の他に家のこともたくさんやらせています。まずは風呂掃除。これは少しでも汚れが残っていたら、何度でもやらせます。トイレ掃除も同じです。あと、晩飯も作らせていきます。虎雄は特別支援学校の生徒の中では断トツに包丁を使うことが上手いはずです。たぶんこの学校の親御さんは自分の子どもに包丁は使わせないでしょう。なぜなら、怪我をしたら大変だからです。だからいつまで経っても特別支援学校の子どもは駄目なんですよ。障がい者のままなんです。普通の子がやることをやらせないからなんです。私がこれだけのことを虎雄にやらせていても、まだまだできないことがあります。虎雄ができなければ、私は顔や背中を叩いて鍛えます。そのことを毎日繰り返せば、虎雄は必ず普通の子と同じように、できるはずです。そのために、虎雄を指導するのが、父親としての私の重大な役目なんです」

私と絢子先生はひたすら父親の話を聞いた。気がつくと面談が始まってから、二時間が経っていた。教室の窓から見える校庭は、いつの間にか暗闇に包まれていた。

やっと面談が終わった。

ひたすら話し続けた虎雄の父親は、立ち上がると私と絢子先生に深々と頭を下げた。

「久保田先生と渡部先生。今日は長い時間、私の話を聞いていただき、ありがとうございました。私、学校の先生にこんなにじっくりと話を聞いてもらったのは、初めてです。私、嬉しかったです。今日は本当に長い時間、ありがとうございました」

また父親は深々と頭を下げて、教室を出て行った。

私と絢子先生は、父親が教室から出たのを確認して、また椅子に座り込んだ。

「ふー、あー、疲れた。二時間も座っていたので、おしりが痛いよ」

「本当に疲れました。久保田先生がずっとお父さんの話を頷きながら聞いているので、私もまったく口をはさむことができませんでした」

絢子先生は軽く首を回した。

「ずっと話を聞いているのも結構大変だよね。でもお父さんの話を聞いていて、お父さんも虎雄を何とかしなければという、すごいプレッシャーと毎日戦い続けているんだなと思ったよ。気をつけないと、そのうちお父さんの方が先に潰れてしまうかも」

「そうですね。何か私もお父さんの話を聞いていて、途中から怖くなりました。虎雄君もジムに行かされたり、家でもやることがたくさんあって、大変ですね。虎雄君も時々息抜きしないと、潰れちゃいますよね」

「そうだよね。でもさあ、虎雄、あの身体で、毎日トレーニングしてるのかな。あいつの身体、少し腹も出てて、ぶよぶよしているんだけど」

「私も、思いました。毎日行っていたら、もっと格好よくなりますよね。久保田先生みたいに」

絢子先生が私を見つめた。

(おい、おっさん。格好いいって言われたぞ、どうするんだ)

「はい」

(何で、ここで、はい、なんだ。情けない……)

「あっ、いけない。もうこんな時間。久保田先生、私、この後用事があるので、お先に失礼しますね。お疲れさまでしたー」

絢子先生は急いで教室を出て行った。

「……、俺も帰るか……。ジム、行こうかな……」

サヨナラ負け

独立リーグのトライアウトを受けた二人は、予想通り合格した。

「久保田君、新しく主将を決めないと、誰か候補はいるか」

監督が私に投げかけた。

「はい。私は村松がいいと思います」

即答した。

「そうか。実は私も村松がいいと思っていたが、彼が主将を受けてくれるか心配だったんだ。村松、仕事も忙しいだろう」

「はい。村松はいつも仕事の調整をして、チームの練習や試合に駆けつけています。時には夜勤明けでそのまま来ることもあるようです。でも村松はそういうことは一切言わないんです。あの姿勢は大したものだと思って、いつも見ていました。主将とエースが抜けた今、選手たちの中心になって支えるのは村松しかいないと思います。監督、ぜひお願いします」

「そうか、分かった。久保田君がそこまで言うのなら、私から村松に頼んでみるよ」

「監督、ありがとうございます」

私は監督に向かって、深々と頭を下げた。

村松は、大学野球部を経て企業チームである大手鉄道会社の硬式野球部でプレイし、現役引退後もコーチとして残り、都市対抗にも出場したことがある。コーチ引退後に野球を離れて社業に専念したが、もう一度現役選手としてプレイしたいと、三十代後半で一念発起し、ＹＢＣフェニーズに入団してきた。

村松はここまで、チームの前面に立つことはなく、陰から主将や他の選手を支える立場に徹していた。村松の今までの輝かしい野球人生に比して、チームの混沌とした状態に憤懣やるかたない日々も多くあったと思う。それでも村松は忍の一字に徹してきた。

さらに村松は、チーム設立当初から私のよき理解者でもあった。私は日本ティーボール協会の縁で監督と知り合い、コーチとなったが、私には社会人野球チームのコーチとして誇れるだけの野球歴がなかった。高校は弱小都立高校野球部であり、日本体育大学野球部でも公式戦に一度も出場できなかった。大学卒業後は養護学校に勤務して、知的障がいのある生徒たちにソフトボールを指導してきた。

「あのコーチ、ソフトボールかよ。ソフトボールって、女がやるんじゃねーのか」

私に聞こえるように、あからさまに言った選手もいた。

練習中には、わざと私に連係プレイの細かいところを質問して、みんなの前で恥をかかせてやろうと企んだ選手もいた。

チーム設立当初にいた元プロ野球選手のヘッドコーチにも蔑まれ、何度も嫌な思いをしてきた。

その時の私は、西部養護学校ソフトボール部監督とＹＢＣフェニーズコーチの二足の草鞋を履いていたので、土日や祝日になると野球の練習や試合に行くため、生徒たちの練習を休みにした。

「何だよ、先生。俺たちよりも、自分のやりたい野球に行くのかよ」

そんな生徒たちの声が聞こえてきそうで、野球に行くたびに後ろめたい気持ちに苛まれていた。

もう辞めようか。

野球はボランティア活動なんだから、嫌な思いをしてまでやることはないだろう。

私を信じてついて来てくれる生徒たちにも、本当に申し訳ない。

そんな時に、いつも村松が声をかけてくれた。村松は私の障がい者教育の大変さを知った上で、休みの日にコーチもやっていることを理解してくれた。それは村松自身が日々大手鉄道会社の勤務に追われながらも、日程や時間のやり繰りをしながら野球をやっているので、私に共感してくれたのだと思う。

私は村松と話す中で、やっとチーム内の理解者に出会えたことが嬉しくなり、何度も救われたのだった。

「あと、もう一つあるんだ」

監督が私を見た。

「はい」

「井岡を投手にしたい」

「はい？　井岡が投手ですか」

「そうだ。あいつな、高校の時、投げてたんだ」

「そうなんですか。井岡、そんなこと一言も言ってませんよね」

井岡悟は大学四年生だった。高校時代は千葉県にある野球名門校で攻守の要として大活躍し、甲子園ベスト4まで進出した経歴をもっていた。井岡は事情があって大学野球部を辞めたが、独立リーグのトライアウトに合格した二人と入れ替わるようにして、チームに入団してきた。


春になると、村松新主将は自ら先頭に立ち、チームを引っ張ってくれた。これまでに村松自身が経験してきた野球をチームの選手たちに浸透させていった。特に走塁面で、相手に隙があれば一つでも先の塁を狙う野球を自ら範を示し、実践してくれた。

また井岡投手も持ち前の野球センスを大いに発揮して、投手兼四番打者としてチームの大黒柱に成長した。井岡本人は本音では投手はあまりやりたくないようだったが、そこはチームのためを思い、練習試合から懸命に投げてくれた。

この村松と井岡を中心にチームはまとまりを見せ、他の選手たちも相乗効果で成長していった。

迎えたチームとして三回目の都市対抗千葉県予選。

YBCフェニーズはクラブチームのみで戦う一次予選で念願の一位通過し、初めて二次予選に進出することができた。同時に千葉県クラブチーム第一代表として、全日本クラブ南関東大会への出場権も得ることができた。

七月上旬、選手たちは全日本クラブ選手権大会初出場を合言葉に、南関東大会に出場する。チームは二回戦から登場し、初戦は神奈川県代表のクラブチームに十四対三で大勝した。続くダブルヘッダーの二試合目になる代表決定戦は、全日本に出場経験のある東京都代表のクラブチームと対戦した。

試合は、一試合目から連投の井岡投手の大活躍もあり、八回終了時点で五対五の同点で最終回を迎えた。九回表にYBCフェニーズは三点を取り、これで全国だ！と思ったその一瞬の気の緩みに隙が出たのか、九回裏に何と四点を奪われて、悪夢のサヨナラ負けとなってしまった。ダブルヘッダーで連投した井岡投手は魂を込めて四百球近く投げたが、ついに力尽きてしまった。

試合後は、あまりのショックに監督以下選手全員がしばらく放心状態となり、言葉も出なかった。

帰る間際に監督が私に言った。

「井岡には申し訳ないことをした。彼に負担をかけすぎてしまった……」

私は監督に返す言葉が見つからなかった。

ジム

「久保田先生、パパに怒られたー。顔、叩かれたんだよー」

ゴールデンウィークも終わり、東部特別支援学校は月末に行われる体育祭に向けて、準備を始めた頃だった。

朝、虎雄が教室に入ると、すぐに大きな声で訴えてきた。

虎雄の顔を見ると、右目の下が少し腫れている。

「ここか」

私は患部を触った。

「いてっ、先生、痛いよー。ここ、パパに叩かれたんだよー」

虎雄は患部をさすっている。

絢子先生も見に来た。

「虎雄君、何でお父さんに叩かれたの。ちゃんと説明してくれないと、分からないのよ」

絢子先生は虎雄に優しく語りかける。

「パパに怒られたんだよー。ここ、ここ、叩かれたんだよー。パパ、怖いよー」

虎雄はさらに声を大きくして言った。かなり興奮している。

「あっ、久保田先生。連絡帳にたくさん書いてありますよ」

私は教卓で連絡帳を広げている絢子先生のそばに行く。

「おっと、お父さん。こんなに書いてきたんだ」


ゴールデンウィーク中、私は虎雄のスキルアップのために、毎日の計画を立てました。

六時　起床
六時十分　朝のランニング
七時　朝食作り
七時三十分　朝食
八時　掃除（部屋と風呂）
九時～十一時　勉強（国語）
十一時　昼食作り
十二時　昼食
十三時～十五時　勉強（数学）
十五時　トレーニングジムへ

十七時三十分　夕食の買い物
十八時　夕食作り
十九時　夕食
二十時　風呂
二十一時　就寝

ゴールデンウィーク中、虎雄は毎日、私の立てた計画通りに生活をしていました。虎雄は、毎日の予定が分かっていると、落ち着いて生活することができます。要はいかに見通しをもたせるかということです。虎雄は、急にいろいろなことを言われてしまうと、パニックになり、大きな声を出し、騒ぎ出してしまうことがあります。これは、虎雄が悪いのではありません。教えている側に問題があります。私たちも急にいろいろなことを言われてしまうと、落ち着かなくなり、嫌な気分になります。虎雄は普通の子と同じなので、見通しがもてないと、すぐに調子が悪くなってしまいます。だから、私は毎日の計画表を居間の壁に貼り、虎雄が見てよく分かるようにしました。そして、毎朝、その予定表の前で、虎雄に説明してから一日をスタートします。

ただ、ゴールデンウィーク最終日である昨日の夜、夕食作りをしようとしたところ、虎雄が急に大きな声を出し、騒ぎ始めました。「夜御飯、いらない。作らない」と大声で言い始めたのです。私は、こんなわがままは絶対に許しません。私は虎雄の胸倉をつかみ、怒鳴りました「いい加減にしろ」と。それでも虎雄の興奮が収まらなかったので、顔を叩きました。それでやっと虎雄は目覚めたようで、自分から夕食作りを始めることができました。

なぜ、虎雄が急に大きな声を出し、騒いだのか。私も昨晩よく考えてみました。私の計画した予定も問題ありませんし、夕食のレシピも虎雄がよく分かるように、簡単に書いてあるので、それも問題なかったと思います。やはり、虎雄のわがまま以外の何物でもありませんでした。虎雄は私にすごく怒られたので、今日は学校で静かにしていると思いますが、昨日、そういう状況でしたので、先生方もご心配なく。

私は、一通り連絡帳を読むと、隣にいる絢子先生に渡した。

虎雄はまだ「パパに叩かれた。ここ、ここ、痛いよー」と今度はクラスメイトに言っていた。虎雄は、静かにしているどころか、教室で大声を出しながら歩き回り、まったく落ち着きがない。

「久保田先生、これだと虎雄君、大変すぎて嫌になっちゃいますよね。お父さん、虎雄君を追い込み過ぎですよね」

「確かに。昨晩は虎雄、もういっぱい、いっぱいで、我慢できなくなっちゃったんだよね。それをお父さん、わがままとは。虎雄も可哀そうだよ」

「そうですね。私もお休みの時に、こんなにびっしりと計画立てられて、その通りにやれって言われたら、逃げちゃいますよ」

「そうだよね。でもこの前の面談でも言ったけど、お父さんも虎雄を何とかしなければという、すごいプレッシャーと戦っているんだよね。まずはお父さんの方を何とかしないと、先に潰れちゃうよ」

「そうですね。でもあのお父さん、なかなか変わらないと思いますよ。この前の面談でもすごい勢いで話してたし……」

「そうだね。ちょっと、考えないとだな。それより、虎雄。今日はあの状態じゃ、授業に行けないね。虎雄が落ち着くまで、私が別の部屋で話しますよ」

「久保田先生、すみません。虎雄君のことよろしくお願いします」

虎雄はいつの間にか教室を出てしまい、廊下で叫んでいた。

「何？ 久保田先生に怒られるの？ もうやらないから、先生、怒らないでよ」

虎雄は私に別の部屋に来るように言われただけで、大きな声を出し、動揺していた。

「先生は怒らないよ。虎雄が静かになるまで、話をするだけだから、大丈夫だよ」

「やだ、やだ、絶対、怒られる。パパにも言われるから、やだー」

「大丈夫だよ。今日はパパに虎雄は学校で静かにしていい子でしたって、連絡帳に書くから、心配しなくていいよ」

「本当に？ パパ、怒らない？」

「本当に大丈夫だよ」

虎雄はやっと少し落ち着いて、私の後について来た。

私と虎雄は空いていた教室に入り、対面して座る。

「虎雄、パパ、怖いか」

「パパ、怖いよ。叩くんだよ。昨日も叩かれた。ここ、ここ」

「そうか。痛かったな。パパ、何で虎雄のこと、叩くんだろ」

「夜御飯作る時に、大きな声出して、怒られたんだよ。ここ、ここ、痛いんだよ」

「そうだな。虎雄は何で大きな声出したんだ」

「……」

虎雄は私を見ている。

「分からないか」

「大きな声を出すと、パパに怒られるんだ」

「そうだな」

「虎雄は、もう家で大きな声を出さないようにできるか」

「大きな声は出さない。パパに怒られる」

「そうだな。家で大きな声を出さなければ、虎雄は偉いぞ」

「パパに怒られない？」

「パパには怒られないし、褒めてくれると思うよ」

「我慢する。でもパパ、怖いよー」

「そうだな。我慢だぞ。それで、虎雄、今、一番の楽しみは何だ」

「ジムだよ」

「そうなんだ。虎雄、トレーニング好きなのか」

「お風呂」

「風呂？」

「泡がシュワーって出るんだよ。すごいんだよ。シュワシュワーってさ、気持ちいいよー」

「あー、ジャグジーのやつな。トレーニングが終わったら、お風呂に入るんだな」

「ジムのお風呂、先生、シュワシュワーだよ。最高に気持ちいいよ」

虎雄は満面の笑顔で話す。やっといつもの虎雄に戻ってきた。

「シュワシュワーって、虎雄。トレーニングは何の機械使ってるんだ？」

「先生、泡が、シュワシュワーだよ。シュワシュワーって、すごいんだよ」

「……」


「すみません。トレーニングの体験をしたいんですけど」

「はい。一名様、本日はご体験ですね。それではこの用紙にお名前と……」

私は授業が終わった後、虎雄の後をつけて、トレーニングジムに来た。虎雄は、ジムに到着するとすぐに会員証を提示して、更衣室に入って行った。

「お客様、このような施設をご利用するのは、初めてですか」

男性スタッフが笑顔で聞く。

「いえ、週に二、三回はジムに通っています」

「えっ、では、そのジムの他にうちにも通われるのですか」

「あっ、い、いえ。い、今のジム、トレーニングマシーンが古いっていうか、何かキコキコ変な音がしたりして……」

「キコキコ変な音ですか……」

「は、はい。それで、ちょっと、こちらを体験してみようかなと……」

「そうだったんですね。では、こちらのマシーンからご説明しますね」

(あれ？ 虎雄、いないぞ)

私はトレーニング室内をキョロキョロする。

「あのー、お客さま。このマシーンですが……」

「は、はい。これは、広背筋を鍛えるやつですね。私もよく使ってますよ」

「えっ、このマシーン、最新なんですけど……」

「あっ、あれ？ 最新？ ……、えっ？」

私は冷や汗をかきながら、トレーニング室内で一通りの説明を受けた。やはり、虎雄はいなかった。

（変だな……）

「では、お客さま。最後にトレーニングが終わった後に汗を流していただく施設をご案内致します。うちの施設は最新型のジャグジー風呂を備えておりまして、ご利用の皆様に、大変ご好評をいただいております。では、こちらです。どうぞ、靴を脱いで、お入りください」

（いたー）

「虎雄……」

「はい？　お客さま、何か？」

「いえ。あのー、あの子」

私は虎雄を右手で示す。

「あー、岡田さまですね」

「えー、その、岡田さまはいつもあんな感じで、大声を出しながら、ジャグジーに入っているんですか？」

「はい。岡田さまは、毎日来ると、ジャグジー風呂に直行されてますね。毎日、一時間は入ってますね」

「虎、いえ、岡田さまは、毎日風呂だけですか」

「はい。平日は、お風呂だけですね。ただし、お休みの日は時々お父さんと一緒に来ますね。

その時はなぜか人が変わったように、トレーニングに励んでいますよ。あれ、お客さまは、岡田さまのお知り合いの方ですか」

「いえ、何か、大声出して、うるさい人がいるなあって、思ったので……」

ジャグジー風呂に入っている虎雄は本当に楽しそうだった。父親からの毎日のプレッシャーから解放された瞬間なのだろう。

（よかった……。虎雄にこういう時間があって……）

「うひゃー、気持ちいい！　ジャグジー最高！　シュワシュワー、気持ちいい！」

虎雄の喜びの雄叫びが施設内に響き渡っていた。

伊勢の乱

十月、ＹＢＣフェニーズは三重県で開催される日本野球連盟東海地区連盟主催の伊勢・松阪大会に参加することになった。この大会は一九四九年に第一回大会を迎えた伝統ある大会で、正式名称は伊勢神宮奉納社会人野球ＪＡＢＡ伊勢・松阪大会であった。

その大会の二週間前。

「久保田君、何だ、この選手の数は。これで、伊勢の大会は戦えるのか」

監督が語気を強めた。

「はい。選手の出欠を確認すると、まだ、未定の者が二、三名いますので、すぐに聞いてみます」

「今、出席者は何人だ」

「えーと、九人か十人かと……」

（本当は九人だった）

「何で、選手は参加できないんだ。伝統ある大会なんだぞ」

監督はさらに語気を強めた。

「たぶん、交通費や宿泊費がかかるので、大変なんだと思います」

「それなら、棄権するか。野球にならないぞ」

「……、監督。棄権はちょっと、まずいですよね……。千葉県野球連盟からの推薦で参加する大会ですし……」

「でも、こんな人数では、試合をする意味がないよ」

「はい。とにかく、すぐに未定の選手たちに連絡しますので、少しお待ちください」

「……」

監督の気持ちは、なかなか収まらなかった。

私はその日の練習が終わり自宅に帰ると、井岡に電話した。井岡は、今日の練習は大学の授業があり、欠席していた。

井岡はすぐに電話に出た。

「井岡、お疲れさま。今度の伊勢大会の件で連絡したんだけど。井岡、未定になっていたよな」

チーム発足時からYBCフェニーズのスタッフや選手の出欠は、出欠管理サイトの『ぐるうぷすけじゅーる』を使用していた。スタッフや選手は各自の予定を確認して、練習や試合の予定日に、出席、欠席、または未定を入れて、チーム全員に伝えていた。出席するか欠席するのかは、あくまでも自分の予定が最優先だった。しっかりしている選手は欠席の時に、仕事のためどうしても出席できません。申し訳ありません。などコメント欄に記入していたが、多くの選手は欠席や未定でも、その理由までは記入しないので、分からないことが多かった。

「はい。コーチ、未定のままになっていて申し訳ありません」

「それはいいんだけど。どうかな、伊勢大会参加できないかな」

「はい。今、調整しているのですが、なかなか厳しくて……」

「授業か」

「いえ、授業は大丈夫なんですが、お金の方がちょっと」

「そうか。千葉から三重までの交通費や宿泊費でかなりかかるからな。大変だよな」

「はい。あと俺、ちょっと……」

「んっ、どうした?」

「はい。大学の野球部途中で辞めてから、学費が発生して、お金では親にかなり迷惑をかけているので、なかなか言いづらくて……」

「そうか、井岡。大学に野球の特待生で入ったから、野球部にいた時は学費免除だったんだな」

「はい。そうなんです。野球部を辞めたのも、俺の都合でしたし、親にも迷惑かけました」

「そうか。それなら、ちょっと親にも言い出せないな」

「はい。すみません。でも、チームに迷惑をかけられないので、バイト代で何とかしてみたいと思います」

「そうか、井岡。悪いけど、頼むよ」

私はこれ以上無理に言うことなく、電話を切った。

その後、未定になっていた選手二名にも電話をかけたが、やはり三重県までの交通費や宿泊費を捻出できないということだった。今回、欠席とした選手のほとんどが、お金の件がネックになっていた。


監督の気持ちが不安定になっていたのは、五か月前の都市対抗千葉県二次予選のこともあったからだ。

チームは一次予選を一位通過して、二次予選に進出し、千葉県の企業チームと対戦した。

クラブチームのみ戦う一次予選は土日の開催だったが、野球を主な仕事としている企業チームと戦う二次予選は平日に開催された。クラブチームの選手は、平日には仕事や大学の授業があった。

二次予選の初戦、選手は十一名しか集まらなかった。私も月末に行われる体育祭に向けた授業の関係で試合に参加することができなかった。この時も私は毎晩選手たちに連絡して、やっと十一名が参加できることになった。

大会の日。無情にも雨が降り、翌日に順延となった。

監督は何とかグラウンド整備をして、実施してくれと大会本部に掛け合ったが、天候には勝てなかった。監督の胸中には、翌日に順延になったら、さらに選手が集まらないとの危機感があったと思う。

そして、翌日に順延された試合。選手は何と九名だった。監督と合わせても十名である。監督は本気で棄権を考えたようだったが、何とか思いとどまり、試合を行った。

相手は企業チームである。もう野球にならなかった。

自チームが守備の時は、ベンチには監督しかいない。相手チームが打ったファールボールが自チームのベンチ横に飛んでくると、監督がベンチから出てボールを拾いに行った。

元プロ野球のスター選手も、そこまでやらなければならない状況となってしまった。

その日の夕方、私と同じく仕事で参加できなかった杉田から電話があった。杉田は他チームのマネージャーから情報を入れてくれた。

「監督、かなり気分を害されたようで、帰り際には大会本部に立ち寄り、昨日の試合は雨でも行うべきだったと、かなり強い口調で言ったそうですよ」

私も授業があり試合に行けなかったので、監督には本当に申し訳ない気持ちでいっぱいだったが、その日の夜に監督に電話することはできなかった。

伊勢・松阪大会の日を迎えた。選手たちは前日に東京駅に集合して、新幹線で名古屋まで行き、名古屋から近鉄特急に乗り換えて、宿舎に入った。監督は名古屋で仕事があったので、選手たちとは別れて移動していた。

結局、参加できた選手は十一名だった。

井岡は何とかやり繰りして、参加してくれた。

試合は東海地区のクラブチームと対戦したが、大敗してしまった。チームは登板した投手が打ち込まれ、さらにエラーなどのミスも続出した。選手の人数が足らなかったため、井岡は内野手として出場し、登板できなかった。

「久保田君、だから、棄権すべきだと言ったんだ」

試合終盤、監督が言った。

試合後、私はいつもベンチ裏で行うミーティングを監督に分からないように選手たちを誘導して、少し離れた外野スタンドの下で行うことにした。私の勝手な判断だった。今の監督の雰囲気だと、監督が選手たちの前で自分の思いのたけをぶつけてしまうことが、心配だったからだ。私は、都市対抗千葉県二次予選やこの伊勢・松阪大会などで、監督の思うように選手たちが集まらず、監督の気持ちが不安定になったことは理解していたつもりだった。だが、選手たちにもそれぞれに事情があったので、そのことも考えてあげなければならなかった。特に今回、何とかやり繰りして参加した選手たちには、まったく罪はなかった。

私は監督がいない間にさっとミーティングを終了してしまおうと考えていたが、上手くいかず、監督が現れてしまった。

監督が開口一番、選手たちに言った。

「君たちにいろいろな事情があることは久保田コーチからも聞いている。でも社会人野球をやっているんだから、試合に向けてそれぞれがチームのために考えてくれないと、試合にならなくなる。だから今日のような結果になるんだ」

選手たちは、脱帽し、姿勢を正して聞いている。

「あと、ここ三重県は、私が現役時代の支援者も多くいるんだ。私に言わせれば、第二の故郷みたいなものなんだよ。ここで、こんな大敗をして、私は恥ずかしいよ」

「えっ、結局、そこなんだ」

ある選手が囁いた。

「おい、今、何て言ったんだ」

監督がその選手を厳しい目で見た。

「いえ、すみません」

監督と選手がかなり険悪な雰囲気になっていた。このままミーティングを進めると、下手をすると取り返しのつかないことになってしまうかもしれない。私は何とかしなければと思案していると、私の視界に球場の隣にある公園で監督の長男と一緒に遊んでいる孫の姿が見えた。名古屋からこの試合を見に駆けつけてくれていた。そういえば、試合中も「じーじー、頑張れー」と可愛い男の子の声がベンチ内に聞こえていた。

私はすぐにミーティングを終了して、その長男と孫が遊ぶ公園に駆けつけた。

「ごめん。監督、ちょっとご機嫌斜めで、このままだと、監督も収まらないと思うんだ。悪いけど、ちょっと、お孫さんの力を貸してくれないかな」

私は長男に頭を下げて頼んだ。

「じー、じー」

監督はミーティングを終えて一人で控え室に戻りかけていた時に、振り返る。

「おー、おー、来てたのか。名古屋から遠かっただろ。おー、よし、よし。さあ、抱っこしよう」

監督は一気にやさしいじーじーになった。

（ふー、やれやれだ。でも、何とも後味の悪い大会になってしまったな……）

緘《かん》黙《もく》

「久保田先生、和美さんの配役どうしましょうか」

「そうだよね。和美、話さないからね。困ったね。でも、和美、家では普通に話をしているんだよね。何で、学校だと話をしないのかな。不思議だな」

「和美さん、場面緘黙症《ばめんかんもく》なんですよね。お母さんの話だと、家では普通に何でも話しているそうです。小学校二年生の時に急に学校で話さなくなったみたいですね。お母さんも、話さなくなった原因はよく分からないと言っていました。私もいろいろと場面緘黙症について調べてみたのですが、その症状が出る原因はよく分かりませんでした」

「でも和美、時々絢子先生と話しているみたいなんだけど」

「そうですね。でも私と一対一だと、話さないですね。この前、教室に私と由布子さんと和美さんの三人でいた時、和美さん、由布子さんには笑い声を出しながら、えー何よとか、えーやだーとか、話してましたよ。それに由布子さんが答えると、また和美さんが反応してましたね。その後、由布子さんが、私のところに来ると、和美さんも一緒に来て、三人で話すことができました。由布子さんがテレビ番組の話をすると、和美さんも盛り上がって、先生も見てるのって、私に言ってました」

「由布子のテレビ番組、おどるポンポコリンでしょ」

「そうです。でも久保田先生、それはB．B．クィーンズが歌う曲の題名で、番組名は『ちびまる子ちゃん』ですね」

絢子先生は音楽の教師でピアノが専門だった。

「そうだった。一年生の時から、月曜日の朝、由布子が私に会うと必ず、先生、昨日、おどるポンポコリン見た？ って聞きながら、大きな声で歌ってたから、私もついつい、おどるポンポコリンって、言ってました」

由布子は二年生になっても、私と同じクラスだった。あれから、携帯電話を買い、学校を出る時と駅を降りた時に、必ず母親に電話をしていた。電車の中で寝てしまうこともなく、ここまでは無事に帰宅していた。でも相変わらず、由布子は大好きなおどるポンポコリンを、登下校中に大きな声を出して歌っていた。周りの人には少し迷惑かもしれないが、これも由布子の楽しみの一つかと思うと、なかなか注意できずにいた。

「でも、この前の面談では、和美さんのお母さん、家ではペラペラ話すのに、何で学校だと駄目なんでしょうねって、結構、明るく話してましたよね」

「そうだったね。和美のお母さん、いつも明るく話すから、何か和美のことも、そのうちに何とかなるかなって、思うんだよね。そういえば、和美のお母さん、中学の時、担任の男性教師とは、話してたって、言ってたよね」

「そうですね。お母さん、言ってましたね。少し年配の先生だったけど、和美さんに気さくに接していたみたいで、何か普通に話してたようですね」

「まあ、すぐに文化祭の劇でセリフを言うのは難しいと思うけど、教室の中では普通に話ができるようになるといいんだけどなあ。私も、気さくに話してみようかな。何か、和美に話しかける時、硬くなっちゃうんだよね。それが、駄目なのかなあ」

「確かに。久保田先生、由布子さんには、おい由布子、あれ歌ってくれよみたいに、普通に言ってますけど、和美さんの前だと、いつもなぜか言葉を選んでいる感じで、少し落ち着きがないですよね。そうこうしているうちに、和美さんに逃げられてますよね。フフフ」

「よし。絢子先生、見ていてくださいよ。私の養護学校教師歴、二十年の力を見せてあげますからね」

「はい。久保田先生、楽しみにしています」

絢子先生は私を見て、微笑んでいた。


三日後、掃除の時間。

チャンスが来た。

教室の掃除を和美と由布子、そして虎雄が行っていた。他の生徒は絢子先生と一緒に音楽室の掃除だった。私が職員室からプリントを持って教室に向かっていると、廊下で由布子の大きな声が聞こえた。

私は廊下から、三人に分からないように教室内を見た。

「虎雄君、掃除の時間に携帯いじってたら、いけないんだよ」

由布子は箒《ほうき》を持ったまま言った。

「えー、何で？　パパに怒られるの？」

「久保田先生に怒られるのよ」

和美の声だった。

（和美、あんなにはっきりと話せるんだ……）

「えー、何で、久保田先生に怒られるの？　パパより怖いの？」

虎雄は教室の壁に背中を預けて、体育座りで携帯をいじっている。

「虎雄君、久保田先生、怒るよ」

由布子は箒を持ったまま、虎雄に近づいて行った。

「そうよ。怒られるんだから」

また和美が言った。

よし、今だ。

私は教室に入った。

「あっ、久保田先生」

由布子が言った。

「ほら、来たよ」

和美は由布子に囁《ささや》くと、由布子の後ろに隠れた。

「和美さーん」

（あれ？　何で語尾が伸びるんだ。気さくに、気さくに……）

「か、和美さん。どうしたのかな。虎雄君がいけないことしたのかな」

（何か、変だなあ。急に、さん付け、君付け、になってるし）

「虎雄君、携帯いじってました」

由布子だった。

「そうなんだ。虎雄君、携帯いじったら駄目でしょ。虎雄君、由布子さんと和美さんにごめんなさいして」

私に怒られることを覚悟していた虎雄は、拍子抜けした顔をしている。

「ほら、虎雄君、立って」

虎雄は携帯を持ったまま、立ち上がった。

「謝ればいいよね。和美さん」

「……」

（あれ？　和美、そう謝ってよって、言わないのか）

「謝んなさいよ。虎雄君」

また由布子が言った。

「ごめんなさい」

虎雄は素直に謝った。

「そうだね。虎雄君、いい子だねー。和美さん、もう虎雄君、謝ったから、許してあげようか」

和美は、まだ由布子の後ろに隠れたままだ。

「……」

(あれ？ 和美、もう許してあげるって、言わないのか)

「じゃあ、和美さん、先生と一緒にお掃除しようか。和美さんと雑巾がけの競争だぞ。いいかな、和美さん」

「……」

和美が由布子の耳元で何か囁いている。

「あれ？ 由布子さんと和美さん、何、話してるのかな。先生も一緒に話したいな」

私は由布子と和美のそばに近づこうとする。

「き　も……」

和美の声が微かに聞こえた。

「あっ、和美さん、声が少し聞こえたよ。き　も……、気持ちがいいって、言ったのかな。じゃあ、先生と今の和美さんの気持ちについて、お話ししてみようかな」

（よーし。いい感じになってきたぞ）

「先生」

由布子だった。

「んっ？　由布子さん、どうしたのかな」

「きもいって、和美が言った」

「えー、何だって、きもち？」

「きもい、だって」

由布子が大きな声で言った。

「由布子、先生のこと、きもいって、和美が？」

「そう。今日、何か、久保田先生、きもいって、和美、言ったよ」

「……」

教室に音楽室の掃除を終えた絢子先生と生徒たちが戻ってきた。

「あれ、虎雄君。何で携帯いじってるのよ。学校の中で携帯を使ってはいけませんよ。そんなことしていると、久保田先生に……、あれ、久保田先生いたんですね」

絢子先生は教室の隅で俯いたまま立っている私を見つけた。

「はあー」

「久保田先生、ため息なんかついて、どうしたんですか」

「いえ、別に……」

和美は笑顔で由布子に囁いて、二人で教室を出て行った。

補強

三月の下旬、東京のクラブチームと練習試合を行った。

その試合後のミーティングで監督が選手たちに言った。

「みんな、よく聞いてほしい。今日試合で対戦したクラブチームはまだどこの都、県連盟にも加盟していない。いや、正確に言うと、ずっと加盟申請はしているものの、許可してもらえなくて、困っているということだ。やっと埼玉県の方で少し可能性が出てきたようだが、まだはっきりしていない。連盟の許可がもらえなくては、当然チームは公式戦には出場できない。五月の都市対抗予選も出場できないということになる」

選手たちは固唾を飲んで監督の話を聞いている。

「そこで、先日から先方の代表者とも話をしていたのだが、今日出場していた選手のうち、投手、捕手、内野手、外野手の一名ずつ、計四名の選手をＹＢＣフェニーズにお借りすることにした」

「えっ」

村松が驚いた顔で、私を見る。

「もちろん彼らは自分たちのチームの申請が許可されて加盟が認められたら、チームに戻る。それまでのレンタル移籍と考えてもらっていい」

「監督」

捕手の川谷だった。

「何だ。川谷」

「はい。その四人はいつからチームに合流しますか」

「二週間後の練習試合からと考えている」

「いきなり、試合ですか」

また川谷だ。

「今日の試合を見てもらって分かったと思うが、チームに合流する四名はそれなりに実力もある。すぐに練習試合で合流しても大丈夫だと思う」

「監督、すみません」

今度は村松が言った。

「何だ。村松」

「はい。その四人は五月の都市対抗予選はどうするのですか」

「今日先方の代表者と確認した。すぐにＹＢＣフェニーズで登録して、予選にも出場してもらうつもりだ。予選の登録が三月末日までだから、ぎりぎりで間に合うよな」

監督が杉田に視線を向けた。

「は、はい」

杉田も動揺している。

「監督、たびたび申し訳ありません。監督がいろいろと考えてお決めになったこととは思いますが、選手を代表する立場からしますと、都市対抗予選を約一か月半前にしたこの時期に、急に他チームから選手を補強するのは、いかがなものかなと思いまして」

村松が言葉を選びながら話した。

「村松、都市対抗予選があるからこそだよ。だから、このタイミングなんだ」

監督が少し語気を強めた。

「……、はい」

村松はまた私の方を見た。

私はこの場では何も言わず、ミーティングは終了となった。

「コーチ、今日の監督の話、知ってましたか」

私と村松、杉田は練習試合のあった球場から歩いて五分程のところにある喫茶店にいた。

「実は村、私がこの話をしっかり聞いたのは今日が初めてなんだ。二週間前だったかな、監督が急に埼玉のクラブチームと東京のクラブチームが合併して、その年の全日本クラブ選手権で優勝した話をしたんだよ」

「そうなんですか」

村松が私を凝視している。

「その話をした後、うちもいろいろと考えないと、平日の試合や遠征で酷い結果になるからなと、言っていたんだ。その時に今日の練習試合の相手がまだ連盟に加盟してなくて、選手たちが公式戦に出られないという話もしていた。今度、練習試合をするから、そこまでに考えておかないとなと、私に言ったんだけど、今思うと、このことだったんだな」

「私は、一昨日監督から都市対抗予選の登録がいつまでか確認の電話がありました。その時は補強の話は一切されてなかったですね。ただし、登録は今日の練習試合後にしてくれと念を押されましたけど」

杉田が思い出しながら話した。

「たぶん、今日の練習試合の後に先方の代表者と最終確認をしたんだろうな」

私は村松と杉田の双方を見て話した。

「でもコーチ、チーム力を上げたい監督の気持ちはよく分かりますが、これから都市対抗予選というこのタイミングはちょっと……、選手たちも動揺しますよね。確かに、さっきコーチが言った埼玉と東京のクラブチームが合併して全国で勝ちましたけど、その後チーム力は長続きしませんでしたよね。チーム内にもいろいろあって、上手くいってない話もたくさん聞きましたよ」

「でも私は、監督の気持ちもよく分かるんだよね。監督、昨年の都市対抗千葉県二次予選や伊勢大会がよほど堪えたのだと思うよ。あと、全日本の南関東大会の逆転サヨナラ負けな。監督、今年はとにかく選手の人数を増やして、戦力をアップしなければと、強く思ったんだろうね。監督の立場ならそう考えるよな。杉田はどう思う?」

「私は、予選に勝っても負けても今のメンバーでやりたいです。一年目に都市対抗予選で大敗してから、大量に選手が辞めましたよね。でもその年の秋の日本選手権の予選で初めて勝ちました。私はあの時の感動は絶対に忘れません。何があっても腐らずに、チームに残ってくれた今の選手たちが頑張ってくれた結果だからです。私は今度の都市対抗予選も村松さんを中心に今のメンバーで戦ってほしいです」

いつも物静かな杉田が珍しく熱く語った。

「そうだな。杉田の気持ちもよく分かるよ。でも元プロ野球選手だった監督の価値観からは、戦力を補強するためには他チームからのトレード、移籍は普通なんだろうね。今回のようにまだ登録してないチームを見つけて、そのチームと交渉してくる監督の執念は大したものだと思うよ」

私は淡々と話した。

「でもコーチ、今の選手の立場からすると、四人が入ったことで、試合に出られなくなる選手がいますよね。そうなると今度はその選手たちが腐ってしまい、チームに来なくなってしまうかもしれませんよ」

村松が私を凝視した。

「村、そこなんだよな。選手の本音は」

「まあ、監督に言わせれば、そこでチーム内の競争が生まれて、チームが強くなるということだと思いますけどね」

村松は言い終わると、アイスコーヒーを一気に飲んだ。

「いずれにしても村と杉田、監督の判断には従うしかないのだから、それぞれの立場で都市対抗千葉県予選に向けて、チームをまとめていくことを考えよう」

「……」

村松と杉田は私を見つめたままだった。


「関田です。投手です。よろしくお願いします」

「野田です。捕手です。よろしくお願いします」

「浅見です。内野手です。よろしくお願いします」

「山辺です。外野手です。よろしくお願いします」

二週間後の練習試合の日。四人の選手がＹＢＣフェニーズに合流した。

四人の挨拶が終わると、監督が話した。

「みんな、新たにこの四人のメンバーに加入してもらい、五月の都市対抗千葉県予選に挑むことになる。これからはチーム内の競争も激しくなるが、その競争に勝って、レギュラーの座を獲得してほしい。そうすれば必然的にチーム力も上がるはずだ」

監督の話が終わると、選手たちは外野に走り、アップを始めた。

アップの時、ＹＢＣフェニーズの選手と四人の選手は距離を置いて走っていた。

「まあ、最初は仕方ないか」

私は隣にいる杉田に言った。

「そう簡単には、いかないですよ。コーチ」

杉田はランニングをしている選手たちを見つめていた。

第二章　大切なこと

義人

生徒が下校した後、職員室に戻ると、小田先生が私の席に座り、絢子先生と話をしていた。

「あれ、小田先生、そのペットボトル、お茶ですか。いつものミルクティーはどうしたんですか」

「あれーやだー。久保田先生、もう気がついたんですか」

「はい。ミルクティーは小田先生と一体化してましたからね」

「もう、甘い飲み物は止めました。私もダイエットして、絢子先生のようにスリムな教師を目指します！」

絢子先生が小田先生を見て微笑んでいる。

「それより久保田先生、義人君、四月になってから欠席が多いですよね。今、絢子先生ともその話をしていたんですよ」

小田先生は私の席から隣の席に移動した。

「ええ、今週も三日連続で休みました。いつもお母さんから連絡があるのですが、体調不良だと言っています」

私は小田先生に顔を向けて言った。

「義人君、一、二年生の時は、ほとんど学校を休んでませんよね」

「はい。小田先生、義人君、二年生の時は一日も欠席してません」

絢子先生が私と小田先生に聞こえるように、少し大きな声で言った。

「義人君のこと、入学相談の時、○○県養護学校中学部の担任の先生から話を聞いたんですけど、義人君、中学部の時かなり荒れていたようで、結構大変だったと言ってました」

小田先生は、中学校の心障学級や養護学校中学部から高等部に進学してくる際の入学相談の担当をしていた。

「ええ、私もその話は聞いています。義人の中学部からの調査書にも書いてありました。でも一年生の時は違うクラスでしたが、とても物静かで、ほとんど目立つことがなかったですよね。二年生から今のクラスになっても、私たちの話もいつも素直に聞いてくれるので、私も義人の中学部時代の話はほとんど忘れていました」

「私もです。あの義人君が荒れていたなんて、信じられません」

絢子先生は私を見て言った。

「そうなんですよね。私も同じで、義人君は本当に物静かなイメージしかなくて、でもここのところの欠席続きが、何か気になって」

小田先生はお茶をがぶ飲みした。

「あー、やっぱり、物足りないなあ。このお茶、甘くないのよねー」

「小田先生、甘いお茶はなかなかないですよ。それよりミルクティーはいつから止めたのですか」

「月曜日からです！」

小田先生は胸を張って言う。

「三日坊主……」

「えっ、久保田先生、何か言いましたか？」

「いえ、三日も頑張ったなんて、偉いなと……」

「でしょう。私もやる時はやる女ですから。ねー、絢子先生！」

絢子先生はまた小田先生を見て微笑んだ。

三沢義人は○○県養護学校の中学部から東部養護学校に進学してきた。義人が他県の中学部に在籍していたのは、小学校一年生の途中で親元を離れ、○○県にある児童養護施設に入所したからだ。その施設から近くにある養護学校の小学部と中学部に通っていた。

中学部三年生の卒業間近になった頃、急に母親が義人を自宅で引き取ると言い出し、自宅から通うことのできる東部養護学校に入学してきた経緯があった。

小田先生が自分の席に戻った後、私は絢子先生の方に身体を向けた。

「でもちょっと、義人の成育歴は気になるよね」

「はい。この学校の生徒の中でも、かなり珍しいパターンですよね」

「義人は小学校一年生で親元から離されて、高等部の入学前にまた親のところに戻ったんだよね。義人、いつも静かだから、こっちもよく分からないところがあるけど、内心はいろいろと抱えていることがあるのかもしれないよね」

「そうですよね。私も二年生から義人君の担任をして、ここまでまったく問題がなかったので、いつも、いい子だなって、思ってました。そのままのクラスで三年生になりましたけど、義人君も二年生の時と同じ担任、クラスメイトということもあって、特に変化もなく進級できましたよね」

「そうだよね。むしろ、始業式の日には、また同じクラスでよかったって、私のところに言いに来ましたよ」

「そういえば、義人君。私にも同じこと、言ってましたよ」

「うーん。今回の欠席続きも、本当に体調が悪いだけだと思うんだけどね。また明日も休んだら、ちょっと義人の家に行って、様子を見て来るかなあ」

「はい。明日は来ると思いますけど……」

絢子先生は少し不安そうな顔をした。


義人は今日も欠席した。これで四日連続だ。

私は放課後、学校の自転車に乗り、義人の自宅に向かった。義人は自宅から学校まで歩いて通学していたので、自転車で行けばそれ程遠くない距離であった。

「んっ？　どこだ……」

義人の自宅の近くまで来たはずだが、なかなか見つけられない。

「えーと。〇〇ハイツ、〇〇ハイツ……、あれかな……」

やっとそれらしき二階建てのアパートが見えたので、すぐに行ってみる。

私は郵便受けの名前を確認した。

二〇四号室　三沢
「ここだ」

私は早足で階段を上がった。

トントン。

「……」

中からは返事がない。

トントン。

ガチャ。

ドアが少し開き、中から義人が顔を出す。

「おー、義人。悪いな、急に来て」

「あっ、久保田先生」

義人は私を見て驚き、ドアを勢いよく開けた。

「月曜日からずっと学校に来てなかったから、心配したんだよ。それで、ちょっと様子を見ようと思って」

「あー、そうなんですか。母さん、母さん、先生、久保田先生が来たよ」

「えっ」

中から母親の声が聞こえた。

「先生、どうぞ、中に入ってください」

義人が手招きする。

「いいのか。ちょっと、義人の様子を見に来ただけだから」

「いいですよ。どうぞ、先生」

義人は笑顔を見せた。

私が中に入ると、母親が慌てて髪の毛を直しながら起き上がってきた。

「お母さん、お休みのところ申し訳ありません。義人君が月曜日からずっと学校をお休みしていたので、心配して見に来てしまいました」

「はあ、そうなんですか」

母親はまだ眠たそうだ。

義人の自宅は、玄関ドアから入るとすぐ目の前に六畳間があり、玄関ドアの横には、小さなキッチンがあった。六畳間の奥にもうひと部屋あり、先程まで母親はその部屋で寝ていたようだ。その母親が寝ていたと思われる布団の奥に、さらにもう一つの布団があった。その布団の中が膨らんでいた。

「義人、あの布団の中、誰かいるのか」

私は小声で聞いた。

「弟です」

「弟？　学校は？」

「今日も休みました」

「そうか。弟も学校に行ってないのか」

「はい。ほとんど休んで、家で寝てます」

「そうなんだ……」

私は弟の寝ている布団を見つめた。

「先生、狭い部屋で、すみません。どうぞ、ここに座ってください」

母親は右手で座布団を示す。

「はい。ありがとうございます」

私は、ゆっくりと座布団の上に腰を下ろした。

「ところで、お母さん、義人君の身体の具合はどうですか」

「えーと……、どうなの、義人」

「別に……」

義人の表情が急に硬くなった。

「別にじゃ、分からないでしょ」

母親が少し声を荒げる。

「うるせーよ」

「えっ、どうした、義人。急にそんな怖い顔して、義人らしくないぞ。もう体調は大丈夫なのか」

「はい。でも……」

「でも？　どうした」

「いえ、大丈夫です」

義人はまだ硬い表情のままだ。

私は義人の今まで学校では見せたことのない表情と言動に、少し動揺していた。

（どうしたんだ、義人は……）

「義人、先生に体調のこと、ちゃんと言いなさいよ。大丈夫なんでしょ」

母親がまた声を荒げた。

「うるせーよ。おまえ！」

義人が急に激高した。

（おい、おい。何なんだ、義人……）

「おまえのせいだぞ、全部、おまえの！」

義人が母親に突進する。

「おい、義人！　やめろ！」

私はすぐに義人の後ろに回り、羽交い絞めにした。

「先生、離せよ！　こいつのせいで、こいつのせいで！」

義人は激しく抵抗する。

「何なのよ、義人。先生の前で、恥ずかしい」

母親は義人に冷たく言った。

「うるせーよ。おまえ！　おまえのせいで！」

義人の右手が母親の顔に当たる。

「お母さん、逃げてください！　早く！」

母親は立ち上がり、隣の部屋に入ると、襖をピシャリと閉めた。

「静かにしろよ」

布団の中にいる弟の声だった。


「義人、何か、好きなの買っていいぞ」

「えっ、先生、いいんですか」

義人はいつもの柔らかい表情に戻っていた。

「いいよ。先生も義人を何度も止めてたから、喉が渇いたよ。義人、何がいい？」

「コーラ」

私と義人はアパートの近くにある自動販売機の前にいた。

「あー、おいしい。先生、ありがとうございます」

私も缶コーヒーを一気に飲んだ。

「義人、もう落ち着いたか」

「はい。先生、さっきは、ごめんなさい」

義人は頭を下げた。

「いいんだけど、急に義人があんなに怒ったから、先生もびっくりしたよ」

「本当に、ごめんなさい」

義人はまた頭を下げる。

「学校では、義人、あんなに怒ったことないよな。いつも静かなのに」

「さっきは、ごめんなさい。先生」

「いいよ、義人。もう先生に謝らなくて。いつも、お母さんに、あんなにきつく言ったりするのか」

「よく分からないです」

「よく分からない？」

「はい。何か急に苛ついて、その後はよく分からないです」

「そうか。よく分からないんだ」

「はい」

「でも、家で、お母さんにあんなに怒ったら駄目だぞ。少し我慢しないと」

「はい」

「義人、明日は学校に来られるかな」

「うーん。どうかな」

「また、家にいると苛つくかもしれないから、明日は学校においで。絢子先生や由布子、和美、虎雄、みんな待ってるぞ」

「えっ、みんな、待ってるんですか」

「そうだよ。みんな義人がずっと学校休んでるから、心配してるんだぞ」

「えー、そうなんだ。みんな僕のこと心配してるんだ」

義人が笑顔で言った。

「だから、明日は学校に来て、みんなに会いなよ。みんな、喜ぶぞ」

「はい。じゃあ、明日は学校に行こうかな」

「そうだな。みんなで待ってるからな」

「はい」

義人は大きな声で返事をした。

「じゃあ、先生、学校に帰るよ。また明日な、義人」

「先生、駅まで、送りますよ」

「大丈夫だよ、義人。先生、自転車だから……。あっ、自転車、忘れた。義人の家に戻らないと……」

「先生、僕が持ってきてあげますよ。鍵、貸してください」

「そうか。ありがとう。義人」

義人はコーラの缶を持ったまま、自宅に向かって走って行く。

その元気な後ろ姿は、さっきまで荒れていた義人とは別人のようだった。

雄作

「久保田コーチ、ご相談したいことがあるのですが、お時間いただけませんか」

練習後、川谷捕手が私に声をかけた。

「いいよ、雄作。じゃあ、ネット裏の席にでも行こうか」

「はい。すみません」

川谷雄作はＹＢＣフェニーズ、三年目の選手だ。大学は関東地区の強豪校でプレイしたが、残念ながら公式戦の出場には恵まれなかった。雄作は、大学時代に公式戦に出場できなかった悔しさを晴らしたいと、チームに入団してきた。大学卒業後に生命保険会社に就職し、保険の営業マンの仕事をしながら、野球の練習や試合に参加していた。雄作は、ほとんど練習や試合を欠席しないので、ある時、私から聞いたことがあった。

「雄作はほとんど休むことなくチームに来てくれるけど、生命保険の営業をやっていると、お客さんの都合で、土日も仕事になることがあるだろ。その辺は大丈夫なのか」

「はい。私の会社は自分で得意先を回るスケジュールを立てて、自分のペースで仕事ができるんです。だから私は、野球のある土日には極力仕事を入れないようにして、平日にびっしりとスケジュールを組んでいます」

「そうなんだ。でも、お客さんの方から、どうしても土日に来てくれと言われたら、そこは仕事にも差し障るから、無理するなよ」

「はい。どうしても駄目な時は、その旨をお伝えさせていただきます。でも、私はＹＢＣフェニーズというチームに所属しているからには、毎回練習や試合に来ることは、当たり前だと思っています。久保田コーチだって、ほとんど休まないではないですか」

「まあ、私はコーチだからね。コーチが欠席ばかりしていたら、選手に示しがつかないよ」

「本当は、もっとうちの選手たちも、その辺の自覚がもてるようになるといいんですけどね」

雄作は私を見て言った。

私は日頃の練習に取り組む姿勢から、村松主将の後継者は、雄作だなと感じていた。この時の雄作とのやり取りから、私はその思いをさらに強くした。

この日の練習は柏市内にある高校のグラウンドを借りていた。その高校のグラウンドのネット裏には、長いベンチが五、六台置かれていた。普段は、我が子の試合を応援に来る保護者が座っているのだろう。

私と雄作がベンチに腰を下ろす。

「雄作、練習、お疲れさま。何か、飲むか」

「ありがとうございます。でも、大丈夫です」

雄作は頭を下げた。

「それで、雄作、どうした」

「はい。コーチにご相談したいのは、チームに合流した四人の件でして……」

「そうか」

私は、四人が合流してからの練習や試合で、露骨に不満のある表情をした選手を何人も見たが、雄作はいつも通り、黙々とプレイをしていた。

「はい。今日も久保田コーチには、言うべきか迷ったのですけど、私も悶々としたまま野球をやりたくないので、すみません」

雄作は今まで見せたことのない困惑した表情だった。

「雄作、あまり自分の中で抱え込むのは精神的にもよくないから、話すといいよ」

「はい。はっきり言って、このままですと、チームが崩壊すると思います」

「えっ！　崩壊？　そんなに酷いのか？」

「はい。実は昨年秋の伊勢大会の後も、いろいろと言っている選手がいました」

「あー、それは、村からも聞いているよ」

「はい。それで村松さんが一度選手たちを集めて、不満をもっている選手の話を聞いた後、仕事と野球の両立をしなければならない社会人野球の厳しさについて、話してくれたんです」

「その件も村から報告があったよ。村、だいぶ選手たちは理解してくれたと思うと、言ってたけど」

「はい。さすがに村松さんの前で意見できる選手はいませんけど……」

雄作が少し笑った。

「そりゃ、そうだな」

「でも、私はもともと、何かあるとすぐに練習や試合を休んでしまう方がどうかなと思っていました。厳しい言い方ですが、欠席の多い選手は無理してチームにいなくてもいいという立場なんです。でも、それを言ってしまうと、チームがバラバラになってしまうかもしれないので、我慢しています。私がまだ我慢できるのは、今の選手たちの中では何があっても、それはみんな最初からＹＢＣフェニーズで野球をやりたいと、集まったメンバーだからなんです。それが、今回の合流の件で……」

「雄作も我慢できなくなった？　みんなも面白くないか？」

「正直、いろいろと言っている選手はいます。特に自分のポジションと被る選手で、試合に出られなくなったのは、辞めると言っています」

「○○か？」

「えー、まあ……」

雄作は言葉を濁す。

「でも、そういう雄作だって、野田とポジションが被ってるよな。それなのに、雄作からは文句の一つも聞いてないぞ」

私は少し柔らかく話した。

「はい。確かに野田は大学時も試合に出場していた選手で実力もあります。でも私は野田には負けません。捕手は今までのチームでの経験値もかなり必要なポジションですから」

「そうだよな。雄作の言う通りだし、他の選手も四人のメンバーに負けないように、頑張ればいいのにな。そう簡単にはいかないか」

「はい。そこが難しいというか……、選手たちの弱い所だと思います。結局今のYBCフェニーズのメンバーって、高校や大学の時に試合に出られない、ベンチにも入れない、でも野球を続けたいという選手の集まりなんですよね。そういう私もですけど。今のメンバーで、まともに試合に出ていたのは、村松さんと高校時代の井岡だけですからね。だから、今の選手たちは、本当に打たれ弱いんだと思います。自分が上手くいかなくなると、すぐに不平や不満を言って、他人の責任にしてしまう。裏を返せば、私も含めて、そんな選手だから、高校や大学でレギュラーの座を掴めなかったのだと思います。でも今のチームはそういう選手たちの集合体なのは仕方のないことです。それが、プロになれない、企業チームにもいけない、自分で部費を払うクラブチームでしか野球がやれない選手たちの現状だと思います。だから私は、伊勢大会の後、村松さんを中心にして、みんなで話し合い、とにかく何とか仕事や授業のやり繰りをして、野球に注ぐ時間を確保しようと決めて、やっとやる気になったメンバーで戦いたいという強い気持ちがあります。それは、今まで私が大学の時に試合に出られなくて辛い思いをしたので、試合に出て頑張れば、さらに野球が楽しくなって、自分も成長できることを、このチームで学べたことも大きいです。だから、私は他の選手にもＹＢＣフェニーズで試合に出て、野球を楽しみながら、どんどん成長してほしいと強く思っています」

私は雄作の話に圧倒されたままだ。

「あと……」

「んっ？　あと、どうした」

「はい。同じポジションということもあり、野田とはよく話すのですが」

私は頷きながら、雄作の次の言葉を待った。

「実は、野田たちも今回ＹＢＣフェニーズに合流するのは、自分たちの気持ちとはかなり違っていたようなんです」

「実は、来たくなかった？」

「野田は真面目な男なので、はっきりとは言いませんけど、どうも四人の中でもいろいろと意見があるようで」

「確かに。それは四人の練習態度を見ていても、何となく分かるよ。合流してからの練習参加もいつも四人一緒とは限らないよね。一番練習に来ているのは浅見かな、次に野田、関田と山辺は来たり、来なかったりだね。実は、私は浅見が一番練習に来なくなるかもって、思ったんだよ。浅見には悪いけど」

「そうですね。四人の中で、浅見が一番軽いタイプですからね」

雄作は笑いながら言う。

「まあ、いずれにしても、都市対抗千葉県予選まであと半月位しかないんだから、チームがガタガタするのが一番よくないよな。雄作の思いもよく分かったよ。私も一度四人の選手たちと話をしてみます。あと監督にもな」

「はい。久保田コーチ、よろしくお願いします。今日は長い時間、話を聞いてくださり、ありがとうございました」

雄作は立ち上がって、深々と頭を下げた。

気がつくと、すでにネット裏席は暗闇に包まれていた。

不安

金曜日の朝。

「先生、義人君、来たよ」

「そうか。よかった……、んっ？」

教室で生徒の連絡帳を読んでいた私は、慌てて隣にいる絢子先生を見た。

「ウフフ」

絢子先生が微笑んだ。

「絢子先生、今、私に話しかけたの」

「和美さんですよ」

絢子先生は微笑んだまま、和美を見ている。

和美は私から少し離れたところで、由布子に何か囁いていた。

「あー、決定的瞬間を見られなかったー」

「それは残念でしたね、久保田先生。でもたぶん和美さん、先生が下を向いているタイミングを狙ったんでしょうね。久保田先生とお話しできるのも時間の問題だと思いますよ」

絢子先生は微笑んだままだ。

「あー、それにしても、何たる不覚。また虎雄のお父さんが連絡帳にたくさん書いてくるから、夢中になって読んでしまった。おい、和美！　もう一回、先生に話してくれよ。和美、こっちにおいでよ」

和美はまた由布子の耳元で何か囁き、私をちらっと見ただけで、すぐに由布子と一緒に教室を出て行ってしまった。

「和美さん、完全に久保田先生と遊んでますよね。何だか楽しそう」

「絢子先生、それって、私が完全に和美に遊ばれてるって、ことでしょう」

「いえ、私の口からそこまでは……。それより、久保田先生、義人君」

絢子先生は、教室の入口に視線を送った。

そこには鞄を持ったまま立っている義人がいた。

「あー、義人、おはよう」

「おはようございます」

義人は笑顔で言った。

「義人君、おはようございます。今日は学校に来られてよかった。もう体調は大丈夫なの」

絢子先生が優しく語りかけた。

「はい。大丈夫です」

「そう。それはよかった。もう自分の席に座っていいわよ、義人君」

「はい。でもさっきから見ていたんですけど、久保田先生と絢子先生、とても楽しそうに話してましたね。恋人同士みたいでしたよ」

「やだー、義人君。何言ってるのよ。そんなこと言われたら、先生、恥ずかしいじゃない」

絢子先生の頬が少し赤くなった。

(おい。四十過ぎたおっさん。何、嬉しくなってんだ)

「よ、よ、義人。お、お、大人をからかうなよ……」

(おい。何、ドキドキしてんだ)

「えへへ」

義人は頭を掻きながら、自分の席に着いた。

「久保田先生、義人君、今日は無事に登校できて、よかったですね」

絢子先生が私を見つめる。その頬はまだほんのりと赤かった。

「あっ、は、はい。義人、頑張ったので、はい。よろしく、えっと、よかったです……。すみません、私、この後、授業がないので、ちょっと職員室に……」

私は慌てて席を立った。

(おい。何、まだドキドキして、しどろもどろになってんだよ)

「久保田先生、あっ、いた！　大変です。すぐに先生の教室まで来てください」

小田先生の声だった。

職員室にいた私は、慌てて席を立ち、教室に向かう。

「小田先生、どうしたんですか」

私は走りながら、小田先生に聞く。

「義人君が……」

小田先生は私について来られない。

「えー、義人が何ですか」

私は大きい声を出す。

「とにかく教室に……」

小田先生は完全に息が上がっている。

私が教室に到着すると、すでに教室内は騒然としていた。

「おい、おまえ！　もう一回、言ってみろよ！」

義人が鬼の形相で、数学教師の胸倉を掴んでいた。

「痛い、痛い。離せ、三沢。おまえ、警察呼ぶぞ」

五十代後半の数学の男性教師は大汗をかきながら、必死の形相で抵抗していた。

「おい。義人、やめろ！」

私は教室に駆け込むとすぐに義人を羽交い絞めにして、数学教師から引き離した。

「先生、離せよ、離せよ！　こいつが、こいつが、俺のことを！」

義人は必死に叫んでいる。

「く、く、久保田先生、何なんですか、三沢は！　急に私に向かって来て、暴力ですよ。警察に通報しますよ！」

数学教師は息が上がったままだ。

「せ、先生、すみません。と、とりあえず今、義人を教室から出しますんで」

私は義人を羽交い絞めにしたまま、教室の外に出そうと力を入れる。

「先生、離せよ、離せよ！」

義人は私の両手を必死に振りほどこうとする。

そこに騒ぎを聞きつけた男性教師二名が駆けつけてくれ、やっと義人を教室から出すことができた。

しばらく教室前の廊下で義人が暴れないように押さえていたが、義人の表情が安定したのを確認して、押さえていた手の力を緩めて、解放した。

「おい、義人。少し、落ち着いたか」

私の汗が廊下に滴り落ちる。

「はい。先生、ごめんなさい」

義人はゆっくりと身体を起こした。

「義人、この後、話を聞いてあげるから、別の部屋に移動しよう」

「はい。先生、本当にごめんなさい」

義人は少し頭を下げた。


私と義人は授業で使っていない教室で対面した。

「義人、さっきはどうした」

「はい。先生、ごめんなさい」

「この前も言ったけど、義人、謝るのはいいから、何があったか、教えてくれよ」

「はい。数学の先生が、授業中、僕に、こんな問題が分からないのかって言って、急に苛ついて……、その後のことはよく分かりません。でも僕、暴れたんですよね。ごめんなさい」

「先生が教室に入った時は、義人、怖い顔して数学の先生の胸倉を掴んでたぞ。それも覚えてないのか」

「はい。覚えてないです」

「そうか。覚えてないのか」

「はい」

「でも、義人、数学の先生の言い方もよくないけど、義人が暴力したのは一番よくないから、数学の先生に謝らないとな。ちゃんとできるか、義人」

「はい。大丈夫です。数学の先生に謝ります」

義人の表情が穏やかになってきた。

「義人、今日学校で嫌なことがあったから、家でもまたお母さんに怒らないか。先生、心配なんだけど」

「大丈夫です。今日も帰りに児童館に行きます」

「えっ、何？　児童館？」

「はい。児童館です。うちの近くにあります」

「義人、児童館って、小さい子どもが行く……」

「先生、児童館は十八歳になるまで、大丈夫なんです。僕まだ十七歳です」

「そうなんだ。でも、義人、児童館で何を……」

「先生、今日、僕と一緒に行きますか。児童館」

義人は満面の笑顔だった。


「あらー、義人君。今日も来てくれたのね。赤ちゃんとお母さんや小学生の子どもたちも来てるわよ」

「こんにちは。今日は学校の久保田先生と絢子先生も来てるんです」

私と絢子先生は児童館の女性職員に頭を下げた。

私が今日の義人の件を絢子先生に話すと、絢子先生も義人の様子を見たいと、一緒に児童館まで来てくれた。

「あー、義人さんだー」

小学校低学年の子どもたちが義人に駆け寄って来た。

「みんな、こんにちは。今日は学校に行ってたから、来るのが遅くなって、ごめんなさい」

義人が満面の笑顔で話す。

「えー、そうなんだ。義人さん、昨日までは、早くからいて、遊んでくれたのにー。今日は来るのが遅いよー。早く遊ぼうよー」

「みんな、ごめんね。じゃあ、今日は、何して遊ぼうか。鬼ごっこしようか」

「わーい。義人さん、早く、やろうよ、やろうよ」

義人は子どもたちにもみくちゃにされながらも、心底嬉しそうだ。

「義人さん、こうやってほぼ毎日来てくれて、子どもたちと遊んでくれるんですよ」

先程の女性職員が義人と子どもたちの遊ぶ姿を見ながら言った。

「そうなんですね。義人、ほぼ毎日、こちらにお邪魔しているんですね」

「はい。でも四月になってから、昼間から来ている日が多かったので、学校のことも心配していたんですよ。昼間から来ている時は、お母さんと来ている幼児の子とずっと遊んでいるんです。義人さん、本当に優しい子ですよね」

「そうですか。義人、こちらでは苛ついたりしたことは、ありませんか」

「えっ、義人さんがですか？　いえ、まったくそんなことはありませんよ。いつも本当に穏やかに過ごしていますよ」

「そうですか。こんなに大きな子が来て、ご迷惑かなと思い、見に来たんですけど……」

「いえ、いえ、ご迷惑だなんて。いつも義人さんが子どもたちと遊んでくれて、本当に助かっています。うちの職員もいつも義人さんには、感謝の言葉を伝えているんですよ」

ふと見ると、義人は四、五人の子どもたちに追いかけられながら、笑顔で逃げ回っていた。その義人の笑顔は昼間学校で見せた鬼の形相とは、まったくの別人に見えた。


「久保田先生、義人君、本当に楽しそうにしていましたよね」

私と絢子先生は児童館を後にし、自転車を押しながら歩いていた。

「そうだね。義人、毎日、児童館に来て、子どもたちと遊んでいたんだね。さすがに驚いたけど」

「はい。私もです」

「でも、義人のあんなに嬉しそうな顔、初めて見たよ」

「そうですね。学校では、いつもあまり表情を変えない子ですからね」

「でも、今日もそうだけど、昨日も家で荒れてさ。何か、今まで義人の中で鬱積《うっせき》していたものが、ついに爆発した感じで、少し怖かったよ」

「そうですね。義人君、小さい時に親元から離されて……、一番親に甘えたい時ですよね。淋しかったと思いますよ。それで、今の学校に来る前に急に親元に戻るんですから、義人君の心の中もかなり複雑ですよね」

「そうだよね。我々には、なかなか分からない部分だけど……。でも、義人が、あれだけ急に豹変してしまうのは、やはり、心の中がかなり乱れているということだよ。義人、荒れている時、自分ではよく分からないみたいで、そこも怖いよね」

「今の義人君は、この児童館が一番心の安定する居場所なんですね。児童館の職員の人や子どもたちも義人君のことを頼ってくれて、居心地がとてもいいと思います。今の義人君には、こういう居場所がないと、精神的にもたないんでしょうね」

「でも義人、児童館は十八歳になると通えないって言ってたから、たぶん誕生日が過ぎたら、通えなくなるんだろうね。義人、誕生日が九月末だから、その後が心配だね。あれだけよくしてくれた児童館の職員の人たちを変に逆恨みしないといいけど」

「確かに。今の義人君、自分の思い通りにならないと、すぐに荒れてしまうみたいなので、気をつけないとですね」

「あと、絢子先生、通院のことも考えないとですよ。これが一番難しい。お母さんや義人を説得しないといけない。かなり大変だと思いますが、義人には、精神面の専門的な治療が必要になると思います」

「はい。その辺のことは、私、よく分からないので、久保田先生についていきます。またよろしくお願いします」

絢子先生は頭を下げた。

「こちらこそ。それより絢子先生、ほら、夕焼け」

「あー、本当だ。まっ赤でとても綺麗ですね。明日も晴れますね」

絢子先生は西の空を見ながら、嬉しそうに言った。

「でも、絢子先生の方が、あの夕焼けよりも、もっと、き、き」

「あっ、先生、ごめんなさい。携帯に電話が……」

「あっ、はい……」

私はどっと、汗をかいた。

「久保田先生、ごめんなさい。私この後、予定があったことを、すっかり忘れてました。急いで学校に戻って、帰らないといけません。先生、お先に失礼します」

絢子先生は、自転車に乗ると、スピードを出して、去って行った。

「……」

私は、自転車のハンドルを握りながら、夕焼けを見た。

「明日、晴れか……。練習試合で、朝、早かったな……」

迷い

五月上旬、大学との練習試合の後、私はチームに合流している選手に声をかけた。

「野田、疲れているところ申し訳ないけど、ちょっといいかな」

「はい。私ですか」

「できれば、関田、浅見、山辺にも来てもらいたい」

「はい。今、呼んできます」

野田は少し不安そうな表情をして、更衣室で着替えている三人の選手のところに行った。

私と四人の選手は球場の隣にある公園に移動して、休憩所の看板が立っている建物の中に入った。中にはテニスウェアを着た少し年配の女性四人がテーブル席を囲み談笑していただけで、比較的空いていた。私は先に一番奥にあるテーブル席まで行き、四人を手招きする。

「ここでいいかな」

「はい」

野田が返事をして、野球道具の入った大きなバッグをテーブルの下に置いた。他の三人も順次野田に続いた。

「ちょっと、飲み物買ってくるよ。何がいい？」

それぞれが自分の飲みたいものを言った。すぐに野田が席を立ち、私の後をついてくる。

「んっ？ 野田どうした？」

「いえ、買っていただいた物、運ぶの大変かと思いまして」

「そうか。悪いな。ありがとう」

「いえ」

私は自分の缶コーヒーを手にし、野田は四本のペットボトルを持って、テーブル席に戻った。

「お疲れさま。まずは、飲みましょう」

私は右手に持っていた缶コーヒーを軽く上げた。

「お疲れさまです」

四人がほぼ同時に言った。

私はそれぞれが、ペットボトルの飲み物を口にしたのを確認してから、ゆっくりと話し始めた。

「今日は、練習試合で疲れているところ、急に呼び出して、申し訳ない」

四人は揃って、頭を下げた。四人とも少し不安そうな表情をしている。

「今日は、ちょっと、みんなの気持ちを聞きたいなと、思って」

「はい」

関田が返事をした。

「あの、硬くならなくていいからな。みんなもいきなりＹＢＣフェニーズに合流して、大変かと思ってさ」

四人はお互いの顔を見合わせた。

「それで、チームに合流してもらってから、三週間位経ったけど、どうかな?」

「あの……」

山辺だった。

「山辺、遠慮なく、どうぞ」

「はい。あの、都市対抗千葉県予選が終わったら、もう来なくていいですか」

「えーと、君たちは、いつまで合流するように言われているのかな。逆に私から質問して悪いけど」

「はい。その辺が、俺たちも分からないのです」

山辺が他の三人に視線を送る。

「まったく聞いてないのかな」

四人が一緒に頷く。

「でも、YBCフェニーズに合流するように言われたのは、君たちのチームの監督さんからだよね」

「いえ、チームの代表です」

野田が言った。

「そうなんだ。チームに代表の方がいるんだね」

「はい。この前、ＹＢＣフェニーズと練習試合をしましたよね。その後、急に俺たち四人が呼ばれて、言われました」

「そうなんだ。じゃあ、急で、びっくりしたよね」

「びっくりも、何も。何なんだか、よく分からなくて」

山辺が少し大きな声で言った。

「代表、ＹＢＣフェニーズなら、都市対抗予選に出られるからとも言ってたよな」

野田が山辺に顔を向けて言った。

「君たちのチームは、まだ都や県連盟に加盟できないんだ」

「はい。毎回、却下されているみたいです。これもよく分からないのですが」

野田が首を傾げながら言った。

「それでさあ、実際、チームに合流して、大変だろ？　どうかな、関田」

「はい。私は投手なので、自分が予選で強いチームに対して、特に企業チームにどの位通用するのか、試してみたい気持ちはあります。でも……」

「でも？」

「はい。そういう相手に投げたい投手は、うちのチームにもいるので、自分だけがチャンスをもらって、いいのかなって」

「あの……」

「山辺、どうぞ」

「はい。今、関田も言いましたけど、うちのチームから四人だけ抜けてしまって、俺は、あまりいい気分ではありません。先週、うちのチームの練習試合に行きましたけど、何か、仲間とぎくしゃくして、変な感じでした」

「そうか。それで、ＹＢＣフェニーズの方はどうかな。同じように、ぎくしゃくしてるのかな」

「はい。確かに、合流した最初の練習試合の日は、かなりやりにくかったですけど、次の週あたりからは、少しずつ声もかけてもらえるようになりました。あと、みなさん、本当に一生懸命に練習するので、その辺はうちのチームとかなり違うなと感じています」

野田が言った。

「そうか。それで、浅見はどうかな?」

私はまだ発言をしていない、浅見に話を振った。

「俺は……、ちょっとここでは言いにくいんですけど」

「大丈夫だよ。最初にも言ったけど、遠慮はいらないからな。浅見はもうＹＢＣフェニーズと一緒にやるのは嫌か?」

私は少し笑いながら言った。

「いえ、野田たちには悪いんですけど、俺は、このままやりたいなと思っています」

「ＹＢＣフェニーズでか」

「はい」

他の三人が驚いた顔で浅見を見た。

「俺は、プロか独立リーグを目指しているので、レベルの高いチームでやって、スカウトの目に留まるような活躍をしたいんです。合流してからＹＢＣフェニーズの練習内容や複雑な攻守のサインプレイなど、うちのチームより、かなりレベルが高いなと感じました。あと、今日も村松さんにいろいろと教えてもらったのですが、村松さんのように企業チームを経験した方が教えてくれるのも、ＹＢＣフェニーズの魅力です。だから、俺は、野球のレベルを上げるために、このままチームにいたいと真面目に思っています」

「そうか……。でも、移籍となると、また、いろいろと大変だしな……」

私は浅見の急な発言に困惑してしまった。

「それで、久保田コーチ。結局、我々はいつまで、合流してればいいのですか？」

山辺だった。

「まずは、都市対抗千葉県予選、その後のことは、私も監督にしっかり確認してみます。みんなもいろいろと大変かと思うけど、まずは近々の予選に向けて、よろしくお願いします」

「はい。久保田コーチ、今日はありがとうございました。俺たちも、何か、もやもやしたままやっていたので……。とりあえず今度の予選は頑張ります」

野田が話をまとめてくれた。

話が終わると、四人は大きなバッグを肩に掛けて、駐車場に向かった。

私はその四人の背中を見ていた。

浅見だけが、少し離れたところを歩き、タバコを吸い始めた。

（おい。君たち四人は、同じチームの仲間なんだから、仲よくしてくれよ。頼むよ……）


「久保田君、先発は井岡でいいよな」

「はい」

「キャッチャーはどうするか」

「雄作でお願いします」

私は監督に即答した。

「では、野田はファーストだな」

「はい。お願いします」

チームとして四回目の都市対抗千葉県予選を前に、監督とスターティングメンバーの打ち合わせをした。浅見はショートで先発、山辺は代打要員、関田はリリーフ投手として準備することになった。

試合前に先発を発表すると、雄作をはじめ先発メンバーの全員が目を輝かせて返事をした。

「今日から都市対抗千葉県一次予選が始まる。チームに合流してくれた関田、野田、浅見、山辺、ありがとう。君たちの力も合わせて、YBCフェニーズは一つになって、勝ち上がっていくぞ！」

村松主将が大きな声を出して、選手たちを鼓舞した。

「オー」

選手全員が大きな声を出したが、中でも浅見の声が一番大きかった。

（浅見、やる気満々だな……）

だが一次予選は、決勝で敗れてしまい、千葉県クラブチーム二位で、二次予選に進出した。

その二次予選。また平日開催だ。

また雨……。これで二年連続だ。

私は昨年、人数不足に陥ったことを思い出す。

「久保田コーチ、また降りましたね」

試合中止が決定すると、すぐに杉田から電話があった。

「杉田、今、駅にいます。学校の体育祭が一週前に変更になったので、明日も何とか仕事を調整して、試合に行くよ。人数が集まらなかった時は監督へのフォローもしておきます」

私は試合に行くために、球場に向かう電車に乗っていたが、中止決定を受けて、すぐに電車を乗り換えて、学校に向かった。

翌日の試合は、合流した四人の選手が試合に駆けつけてくれたので、人数不足に陥ることを回避し、無事に試合を行うことができた。

二次予選の初戦は、また一次予選で苦杯をなめたクラブチームとの対戦だった。

結果は、またしても力及ばず、同じチームに敗戦となった。今年は残念ながら、企業チームと戦うことはできなかった。

試合後、関田、野田、山辺の三人が私のところに来た。

「久保田コーチ、予選では力になれず、申し訳ありませんでした」

野田が汗を拭きながら言った。

「いや、結果は残念だったけど、二次予選も君たちが駆けつけてくれたから、何とか試合になってよかったよ。どうもありがとう」

私は帽子を取って、頭を下げた。

「コーチ、それで……」

野田が少し言いにくそうだった。

「もう今日で自分たちのチームに戻るか」

「はい。申し訳ありません」

野田が少し下を向く。

「分かった。大丈夫だよ。監督には、君たちの意志を尊重してほしいと、頼んであるから。この後、一緒に監督のところに行こうよ。でも、力を貸してくれて、本当にありがとうございました」

私はまた頭を下げた。

「ところで、浅見がいないけど。浅見はどうするのかな」

「まだ、やりたいみたいです」

山辺が淡々と言った。

「そうか……」


七月上旬、全日本クラブ南関東大会が開催された。

ＹＢＣフェニーズは千葉県クラブ第二代表として、神奈川県代表のクラブチームと対戦した。

浅見はショートで先発した。

試合が終わり、飲み物を買うために球場の外に出ると、ジャージ姿の三人が私に向かって頭を下げた。

「おー、元気だったか。関田、野田、山辺」

「はい」

三人は笑顔で返事をした。

「今日は試合を見てくれたのか」

三人が頷く。

「せっかく来てくれたのに、負けちゃったよ。悪かったな」

「いえ、でも、浅見も頑張ってたんで」

山辺が笑顔で言った。

「今日の試合、応援に来てくれって、浅見からメールがあったんです」

野田が言う。

「そうなんだ。浅見から連絡があったのか。あれから、どうだ、仲よくやってるのか。心配してたんだぞ」

「はい。ちょっと、上手くいかない時もありましたけど……」

関田が小声で言った。

「実はこの前、うちのチームの飲み会に浅見も呼んだんです」

野田が嬉しそうに言った。

「そうか。それで？」

「浅見、代表もいる席で、ＹＢＣフェニーズは南関東大会で終わりにします。みんな、出戻りを許してくれますかって、大きな声で言ったんです」

「みんなの反応は？」

「拍手喝采でした」

野田が関田と山辺の顔を交互に見た。

「そうか……。よかったな……」

ふと見ると、ユニフォーム姿のまま、大きなバックを肩に掛けた浅見がこちらに向かって来る。

「浅見、おまえ、最後の打席の三振、あれ、何だよ。あそこは、絶対スライダーだって。だから、おまえ、ＹＢＣフェニーズ、自由契約なんだよ」

山辺が嬉しそうに言った。

「浅見さん、そんなんじゃあ、うちのチームに戻っても、試合に出られませんよ」

今度は関田が満面の笑顔で言った。

「でも浅見、守備は確実に上手くなってるから、守備固めなら使えないか」

野田が関田と山辺を見ながら言う。野田も笑顔だった。

「ひでーなあ、おまえら。言いたい放題じゃん」

浅見は頭を掻きながら、少し照れくさそうだ。

「それで、久保田コーチ」

浅見が帽子を取って、私に正対する。

「もう野田たちから、聞いたよ」

「はい。コーチ、すみません」

浅見が頭を下げた。

「浅見、何で謝るんだよ。こっちは、感謝しているんだぞ。今まで、ありがとう」

私は浅見に右手を差し出す。

浅見は自分の右手をユニフォームのズボンで拭いた後、私と握手した。

「本当にありがとうございました。ＹＢＣフェニーズで教えてもらったこと、今度は自分のチームに伝えます。それでチームをもっと強くして、いつか対戦して、勝ちたいと思います」

「そうか。楽しみにしているよ。これからも、関田、野田、山辺、そして浅見、みんな同じチームの仲間なんだから、いつまでも仲よくやってくれよな。頼むよ」

「はい。大丈夫だよな」

浅見が三人を見た。

「さあ、どうかな」

山辺が笑いながら、走り出す。

「じゃあな。浅見」

野田と関田が山辺に続く。

「おーい。俺を置いて行くな。じゃあ、久保田コーチ、また。ありがとうございました」

浅見は大きなバックを肩に掛けて、逃げる三人を追いかけて行った。

私は、その後姿をしばらく見つめていた。

君たち、本当にありがとう。やっぱり、みんな野球の仲間だよな……。

心の中

「これは、まずいな……」

私は連絡帳を読んで、呟いた。

七月○日
昨日もまた虎雄を叩きました。
やれることをやらないからです。
私はもう限界です。

「久保田先生、どうしましたか」

隣で他の生徒の連絡帳を読んでいた絢子先生が私を見て言った。

「これ読んでみて」

絢子先生は私から渡された連絡帳を読み、不思議そうな顔をする。

「虎雄君のお父さん、今日はやけにコメントが少ないですね。いつも虎雄君に家でやらせたことを中心に、ノートにびっしりと書いてくるのに」

「そうなんだよね。虎雄のお父さん、自分が虎雄に頑張らせたことをたくさん書くことで、たぶんお父さんの精神面の安定にも繋がっていたんだと思うよ」

「そういうものなんですね」

「絢子先生も仕事のこととかで、ストレスが溜まることがあるでしょう」

「はい。よくありますね」

「そういう時は、どうやってストレスを発散しているの？」

「そうですね。お友達とご飯に行って、お酒を飲みながら、たくさん話しますね。あと、家にいる時は、ずっとピアノを弾いています」

「そうだよね。たぶん虎雄のお父さんは、いつも一人で家にいて、気分を変えるとしたら、毎日やっている筋トレだね。あとは連絡帳にひたすら書くことだと思うよ。連絡帳に、自分が虎雄にやらせていることをたくさん書いて、まずは自分自身を納得させる。その後は読んだ人の評価だよね。できれば肯定的な評価を読みたい。それがあればお父さん、また気持ちが安定するんだと思うよ」

「だから、久保田先生、二年生の初めの頃、虎雄君のお父さんが書いたコメントへの返信は、できるだけ肯定的なことを書くようにって、言ってましたよね。あと、虎雄君を叩いたりとか、特に酷い時は連絡帳に書かないで、直接電話した方がいいとも」

「そうなんだよね。たぶん虎雄のお父さん、自分が虎雄のためにと思ってやっていることを、頭から否定されると駄目なんだよね。小学校や中学校、この学校の一年生の時もものすごい剣幕で怒ったでしょう」

「確かに、そうでしたね」

「でも、難しいのは、お父さんのやっていることをどこまで肯定できるか、なんだよ。さすがに、今の虎雄への接し方を見ていると、全部肯定するのは難しいよね。でもそこで、これはおかしいなと思った時に、連絡帳に否定的なことを書くと怖いよね。文章は勝手に一人歩きしてしまう怖さがあるからね。だって、その文面を読んでいる時のお父さんの精神状態も分からない訳だしね」

「だから、久保田先生は、そういう時は直接電話した方がいいって、言ったんですね」

「本当は直接会って話し合った方がいいんだけど、なかなかそうもいかないから、せめて、電話をかけて、お互いに話しながら意思の疎通を図った方が上手くいく確率が高いと思うよ」

「そうなんですね。だから、虎雄君のお父さん、二年生になってから、あまり言ってこなくなりましたよね。久保田先生のここまでの対応がよくて、お父さんとの信頼関係ができてきたのでしょうね」

「いや、それはよく分かりません。でも実は、お父さんが言わなくなったのは、絢子先生のその美貌にクラクラしてしまったからだったりして」

「ちょっと、久保田先生、何、言ってるんですか。生徒の前ですよ」

絢子先生は少し口を尖らせて言った。

「でも、今日のお父さんコメント、ちょっと心配だな。たくさん書いてないし、私はもう限界です。だからね。あともう少しで夏休みになるから、父子で一緒にいる時間が増えるし、なおさら心配だよ」

「はい。あと今朝、登校してからの虎雄君も、静かなんですよ。いつもだとお父さんに怒られた次の日は、大騒ぎして教室に入ってきますよね。それが、今日はずっとあんな感じで」

絢子先生は自分の席で静かに座っている虎雄に視線を送った。

「ちょうど、明後日、学期末の面談で虎雄のお父さんと話せるから、タイミングはよかったけどね」

私も静かに座っている虎雄を見た。


「先生方、いつも虎雄がお世話になっています」

虎雄の父親は教室に入るとすぐに頭を下げて挨拶した。

父親は、白のTシャツにベージュのハーフパンツをはいていた。髪は散髪に行ったばかりのようで、短く綺麗に整えられていた。ぱっと見た父親からは、精神的に追い詰められている様子は伺えなかった。

「お父さん、お忙しいところ、ありがとうございます。いきなりですが、お父さん。毎日の筋トレは順調ですか」

　私は明るく話しかけた。

「はい。毎日、行っています」

「毎日ということは、お父さん。行くたびに、鍛える身体の部位を変えているんですね」

「そうです。昨日は上半身、今日は下半身をやります。同じ上半身や下半身でも、日によって部位は変えています」

「筋肉は鍛えた後、回復させないといけないですよね」

「超回復です。筋トレの後、その部位は四十八～七十二時間の休息が必要になります。私は、そのタイミングをしっかり確認しながら、その日の筋トレメニューを考えています。虎雄も私の考えたメニューに従って、毎日鍛えています」

（私はふと、ジャグジー風呂を満喫していた虎雄の姿を思い出す）

「さすがですね、お父さん。私はまだまだそこまで考えて、やってませんよ」

「でも先生もお会いするたびに、鍛えてるなという印象です」

　父親の表情が少し明るくなった。

「それで、お父さん。一昨日の連絡帳に書かれていたのですが、今、お父さん、虎雄君のことで、かなり悩んでいますか」

「いえ、悩んでいるというレベルではありません」

私と絢子先生は一瞬顔を見合わせた。

「この前は、虎雄に魚をさばかせていました」

「えっ。虎雄君、お魚をさばけるんですか」

絢子先生は大きな声で言った。

「はい。先生たちには言ってませんでしたが、私、昔、日本食の料理人だったたんです」

「あー、そうだったんですね。お父さん、すごいですね」

絢子先生が笑顔で言う。

父親の口元が少し綻んだ。

「それで、いつも通りに、虎雄に魚をさばくように言ったのですが、やり方をまったく忘れていました。またやる気もまったく感じられなかったので、私は、私は……」

父親の表情が一変する。

「お父さん。落ち着いて、ゆっくり話してください」

私は父親の目を凝視した。

「私は……、目の前にあった包丁を手に取り……」

「えっ」

絢子先生が思わず声を上げた。

「……、虎雄の喉元に、包丁を突きつけました。その時、虎雄が真剣な顔で謝ったので、許しましたが、ふざけたままでしたら、どうなっていたか」

「……」

私と絢子先生は言葉を失った。

「お父さん、その後、虎雄君は？」

「一人で部屋に戻りました。もちろん夕食はなしです」

私と絢子先生は同時に息を吐いた。

「先生、私は、今度また同じようなことがあったら、もうどうなるか分かりません」

父親の目が急に鋭くなった。

しばらく沈黙した状態が続き、教室の冷房の送風音だけが聞こえていた。

「お父さん」

私は父親の目を見て、ゆっくりと話し出す。

「お父さん自身がかなり辛いんでは、ないですか」

「……」

父親は背筋を伸ばし、私を見た。

「お父さん。今日まで、虎雄君を男手一つで、育ててきましたね。それはとても大変で、ご苦労の連続だったと思います。でも虎雄君、お父さんのおかげで、できることがたくさん増えましたよね。漢字もよく知ってますし、掛け算や割り算もできます。掃除、洗濯も自分でやるし、料理もできますよね。トレーニングジムにも一人で行くことができて、施設内も自分で利用している。あと、電車にも一人で乗り、乗り換えも問題なく、できるんですよね。虎雄君、できることがたくさんあって、すごいじゃないですか。これも、虎雄君が小さい時から、お父さんが一緒について、懸命に頑張ってきたからですよ」

私を見つめている父親の目が少し潤んできた。

「でも、お父さん。少し、疲れたかも」

「いえ、私は……」

父親は首を振りながら答えた。

「お父さん。ここまで頑張ってきたから、ご自分でも気がつかないうちに、心の中がいっぱいになってしまった。今、それが少しずつ溢れ出してきた」

「……」

父親の目から一筋の涙が流れた。

「お父さん。ここまで、一人で虎雄君のことを抱えてきて、虎雄君を何とかしなければと、お父さんが自分自身を追い込みながら、頑張り続けてきた。本当に大変だったと思います。でも、お父さん。溢れ出した心の中は、また少しずつ元に戻さなければいけません」

「は、はい」

父親はハンカチを出し、目元を拭った。

「栓を抜きましょう」

「はい?」

父親は怪訝そうな表情をする。

「風呂に水を入れ過ぎて、溢れてしまったら、栓を少し抜けば、水も元の状態に戻りますよね。お父さんの心の中も、少し栓を抜いてあげればいいんですよ」

「はい」

父親は私の次の言葉を待つ。

「虎雄君、ショートステイ(短期間施設入所)を利用してみませんか」

「ショート……、ステイ……、ですか」

「はい。短期間の父子分離です。お父さん。少し栓を抜いてみましょう」

父親の視線は私を見つめたまま、しばらく動かなかった。

安らぎ

「先生、ここ結構綺麗なので、少し安心しました。あと、ここではパンを作り、それを喫茶店で販売もしているんですね」

父親は安心した表情で私に話しかけた。

「はい。私も少し前に一度見学に来ましたが、職員の方もいい人で、暖かい感じがしました」

「パパ、今度から、ここに来るの？　ここで寝るの？」

虎雄は不安そうな表情で言った。

「虎雄、少し静かにしなさい。今日はいろいろと話を聞くだけだから」

「はい」

虎雄は静かに返事をした。

私と虎雄、そして父親は、虎雄の住んでいる区にある入所施設を訪問した。先日の面談の後、父親の精神状態を区の福祉課に相談して、至急ショートステイができるように手配してもらったのだ。

今日は入所の前に一度訪問して、施設の職員との打ち合わせや施設内の見学をすることになっていた。

「こんにちは」

虎雄は職員に大きな声で挨拶した。

「はい。こんにちは。私はここで働いている○○と言います。岡田虎雄君ですね。あと……、先日いらした久保田先生とお父さまでよろしいですか」

小柄な男性職員は父親の顔を見て話した。

「はい。虎雄の父です」

父親は頭を下げる。

「それでは、ここの施設について、ご説明させていただきますね。まずはお手元にある施設のパンフレットをご覧ください。私共の施設は長期的な入所施設と短期の入所、今回、虎雄君が利用するショートステイですね。あと、ご自宅からの通所も受け入れています」

「ここは家からも通えるのですか」

父親が早速質問した。

「はい。現在通所の方は二十名程いらっしゃいます」

職員は笑顔で言った。

「ここに通って、何をするんですか」

また父親だった。

「はい。入口でご覧になったかと思いますが、ここの施設に入所している方も通所の方もパン作りや喫茶店の販売がメインのお仕事になります。あと、そのお仕事が難しい方は別の部屋で軽作業を行ってもらっています」

「では、働くからには、給料はもらえるのですね」

父親の声が少し大きくなった。

「はい。パンフレットの三ページをご覧になってください」

そこには賃金二千円～一万五千円と記されていた。

「これは、月給ですか」

父親がパンフレットを見ながら言う。

「はい。月給です」

「こんなに安いんですか。だから障がい者は駄目なんだよ。すぐに馬鹿にされるんだ」

父親の表情が急に険しくなった。

「……」

職員の表情が一瞬にして青ざめた。

「まあ、まあ、お父さん。虎雄君はここで働くのではなく、今日は短期入所のための説明を聞くのと見学に来たので」

「分かってます」

父親がぶっきらぼうに言った。

「では、○○さん。すみませんが、ショートステイをする時に使用する部屋などを見せていただけませんか」

私は職員に目配せをしながら、言った。

「はい。分かりました。今から、ご案内させていただきます」

職員からは笑顔が一切消えてしまった。

私たちは職員の案内でエレベーターに乗り、三階で降りた。少し廊下を歩いたところで職員が立ち止まり、声をかけた。

「こちらが、虎雄君の使用するお部屋になります」

「おー、これが僕の部屋かー。ベッドもあるし、綺麗だね、パパ」

父親は虎雄の呼びかけを無視して、部屋の中を確認している。

「このお部屋は一人部屋のタイプです。少し細長いお部屋ですが、畳でいうと六畳になりますね」

父親がベッドの下を覗きだす。

「あれ、お父さん。何か、気になることでも」

私が言った。

「いえ、掃除が行き届いていれば、こういうところも綺麗になっているはずなんですよ」

「……」

職員の目が点になった。

「うーん。ちょっと埃がたまってますね。まあいいでしょう。虎雄が入る日に私が完璧に掃除しますから」

「……」

職員が不安そうな表情で私を見た。私は職員を見ながら、頭を下げる。

「テレビは？」

父親が職員を見て言った。

「はい。テレビは食堂にあって、そこでみなさんに見ていただいています」

「それは困る。虎雄はテレビを見るのが大好きなんですよ。寝る前は必ず好きなテレビ番組を見て、それから寝るんです。それが虎雄のリズムなんです。分かりました。テレビは今、虎雄が使っているのを持ってきます」

「えっ？　お父さまが運ぶんですか」

「はい。少々大きいテレビですが、虎雄のためです。私が何とかします」

「……」

また職員の目が点になった。

私は職員を見ながら、また頭を下げる。

「あと……」

「あと？」

職員が声を絞り出す。

「トイレはどこに」

「ト、ト、トイレは廊下にあります。これも共同ですが……」

「お父さん、さすがにトイレは持ち込めませんよ」

私はすかさず言った。

「そのトイレはウォシュレット付きですか」

父親は職員を凝視した。

「いいえ、ウォシュレットは付いていません」

「……」

父親は少し沈黙する。何かを考えているようだ。

「分かりました。虎雄はウォシュレットが大好きなんです」

「大好き?」

私はこの時、なぜかジャグジー風呂で遊ぶ虎雄の姿を思い出してしまった。

(おい、おい、虎雄。ウォシュレット使って、何、やってるんだ?)

「肛門を刺激します」

父親は淡々と言った。

「えっ? 肛門を刺激する?」

(あー、今日は絢子先生を連れて来なくてよかった。と、心の底から思った)

「虎雄、便秘気味なんです。それで便が詰まってくると、ウォシュレットで肛門を刺激し続けることで、便が出やすくなるんです」

「あー、そういう使用方法なんですね」

(でも、それ、ありなのか?)

「分かりました。たぶん虎雄は家ではないところに泊まると、便秘になります。土日に家に帰って来た時にウォシュレットを使うようにします」

「あのー、お父さま」

職員が恐る恐る声を出す。

「何か」

父親がまた職員を凝視する。

「は、はい。虎雄君のショートステイは月曜日から翌週の金曜日までの二週間、ご利用いただけます。この間の土日はこちらに泊まっていただくことになりますが……」

「いや、土日は家に帰してください。さっきのウォシュレットもですが、日曜日は虎雄が楽しみにしている電車の一人旅をすることになっています。あと、土日に私が虎雄の状態をよく確認しなければなりません。たぶんいろいろなスキルが低下していると思うので、土日で元の状態に戻さなければなりません」

虎雄は毎週日曜日になると、自分で好きな路線を選び、一人で電車に乗ることを、楽しみにしていた。

私はまた職員を見て、今度は深く頭を下げた。

虎雄は夏休みの七月下旬から、二週間のショートステイに入った。

私と絢子先生は、一週目の水曜日に施設にお邪魔して、虎雄の様子を見に行った。

「虎雄君、元気だった？」

絢子先生が虎雄を見て、嬉しそうに声をかけた。

虎雄は自室でテレビを見ていた。

「テレビ、こんなにでかいのか……」

私は唖然とした。

「はい。四十インチだそうです……。月曜日の朝、引っ越し業者が運んできました」

職員が困惑した表情で言った。

「あと、先生、これなんですけど」

職員が入口ドアの横を右手で示す。

「えっ、何、これ」

絢子先生が驚いて、少し大きな声を出す。

「はい。虎雄君の一日のスケジュール表です。何でも、土日や夏休みなど家にいる時は、朝起きる時間から始まって、虎雄君のやることがすべて決まっているようなんですね。お父さんが、月曜日にこのスケジュール表を持ってきて、ここに貼っていきました。私たちにも、虎雄君はこのスケジュール表通りに生活させてくれと、念を押していました」

「そうなんですね。でも、えーと、今の時間は数学の勉強のはずですけど、虎雄、テレビ見てますね」

私はテレビを見ながら大笑いしている虎雄を見た。

「はい。なかなかスケジュール表通りには……」

「そうですよね。お父さんの熱意も分かりますが、ショートステイをお願いしたのは父子分離が目的なので、虎雄にはお父さんの影響がない所で、少し自由にさせてあげたいので」

「はい。私共もそのように聞いておりますので、まずは虎雄君が楽しく過ごされるのが一番かと思いまして」

「はい。いろいろとご迷惑をかけますが、よろしくお願いします。あとは少しお時間をいただいて、虎雄と話をさせてください」

「はい。分かりました。時間は大丈夫ですので、ごゆっくりどうぞ」

職員は頭を下げて、虎雄の部屋を出て行った。


「久保田先生、虎雄君、すごくリラックスして、楽しそうでしたね」

施設からの帰り、私と絢子先生は最寄り駅まで並んで歩いていた。

「そうだね。虎雄もお父さんから少し離れて、楽になったと思うよ。でも、お父さんの方は、どうなのかな。虎雄のことを心配し過ぎて、また精神的に不安定になっていなければいいけど」

「そうですね。でも土日に虎雄君が家に帰れば、お父さんも少しは安心するんではないでしょうか。ちょうどその位のバランスが虎雄君とお父さん双方にいいのかもしれませんよ」

「そうだね。でも今日のテレビの大きさやスケジュール表にはびっくりしたよ」

「そうですね。私も驚きました。でもお父さん、心の底では虎雄君のことが大好きなんですよね。だから、いつもたくさん心配するんですよね。何か、そんなお父さんの気持ちも少しずつ分かってきたような気がします。今回、父子分離をすることで、お父さんが精神的に楽になって、もう少し穏やかに、虎雄君に接してあげられるといいんですけどね」

「そうだよね。何とか父子分離がいい方向に向かうといいよね」

絢子先生が歩きながら頷いた。

「あと、絢子先生」

「はい」

絢子先生が私を見た。

「虎雄のお父さん、一緒に訪問した日に、テレビの他にウォシュレットのことも言ったんだよ」

「はい」

絢子先生は怪訝な顔をした。

「お父さん、真面目な顔で、刺激するとか言ったんだ。聞いた途端に、すぐ変な想像をしちゃって、参ったよ」

「ウォシュレット？　刺激？　久保田先生、それ何のことですか？」

「あっ、いや……、便秘のことだった……、かな」

「便秘？　ますます分かりませんよ。久保田先生、この暑さで、ちょっと、不安定になっていませんか」

確かに……。

病

九月、千葉県クラブチームによる秋季大会が開催された。ここまで、秋には日本選手権千葉県予選として全国大会に繋がる予選に参加していたが、この年からクラブチームは出られなくなってしまった。その予選に代わって、この秋季大会で一位になると、関東各都県の代表クラブチームが戦う、関東クラブ選手権大会に出場することができた。

「久保田コーチ、伊田がちょっと……」

雄作が神妙な顔で話しかけてきた。

「んっ？　雄作、伊田がどうした」

「あそこを見てください」

私は雄作が右手で示した方向に目をやった。すると、球場外の木陰で、うつ伏せで寝ている伊田の姿があった。寝ている伊田の下には、トレーニング時に使用するウレタン製の細長いマットが敷かれていた。

「雄作、伊田、体調が悪いのか」

私は寝ている伊田を見ながら聞く。

「はい。第一試合が終わった後、姿が見えなかったので探していたんです。そうしたら、あそこで寝ていたのが見えたので、さっき声をかけてきました」

「そうか。伊田の具合は?」

「はい。ちょっと、身体がだるくて、しんどいと言うんです。伊田の顔を見たら、真っ青になっていました。コーチ、伊田、この後の第二試合は厳しいと思います」

YBCフェニーズは初戦に勝利して、この後ダブルヘッダーの二試合目で行われる代表決定戦を戦うことになっていた。

「分かったよ、雄作。ちょっと伊田のところに行ってみる」

「はい。よろしくお願いします。あいつ、ここのところ仕事が大変だったみたいで、土日の練習や試合にも、ほとんど寝てないまま、参加していたようなんです。かなり身体の疲れが溜まっていると思います」

伊田大志はYBCフェニーズに入団して、二年目の選手だ。伊田は大学卒業後、医療機器メーカーの営業部に就職した。大学時は野球部に籍を置き四年間頑張ったが、なかなか試合への出場機会には恵まれなかった。伊田も雄作と同じく、大学時代の悔しさを晴らしたいと、入団してきた選手だった。

「伊田」

私は寝ている伊田の耳元で声をかける。

「……」

反応がない。

「伊田」

今度は少し大きな声で言う。

「……、は、はい」

伊田が蚊の鳴くような声で、返事をした。

「伊田、寝ているところ悪いけど、体調どうかな、と思って」

「は、はい……」

伊田は私の顔を見て、起き上がろうとする。

「いいよ、いいよ、そのままで。起き上がるのも、しんどいだろ」

「はい。すみません……」

伊田は仰向けの姿勢になり、顔だけ私に向ける。

「今朝、第一試合で、朝早かったから、昨日の夜もほとんど寝てないのか」

「は、はい。家に帰ったのが、夜の十二時頃で、二時間位しか寝てないです」

「そうか。それは、身体がしんどいな。よく第一試合頑張ってくれたよ。ありがとう」

「く、久保田コーチ……」

伊田は青ざめた表情のまま、声を絞り出す。

「んっ？　どうした」

「は、はい。ちょっと休めば、次の試合も出られ……」

伊田は話すのも苦しく、言葉に詰まってしまう。

「伊田、次の試合は無理だ。すぐに杉田に手配してもらうから、まずは、球場の医務室で休んでないと駄目だよ。それでも回復しなかったら、病院に行こう」

「で、でも、それだと、チームに迷惑をかけてしまいます」

「伊田、そんなことは、気にするな。伊田の身体がますます悪くなったら、どうするんだ。仕事にも影響するし、大好きな野球もできなくなるんだぞ」

私は語気を強めた。

「は、はい。コーチ、分かりました。すみません……」

言い終えると伊田は、ゆっくりと目を閉じた。

翌週金曜日の夜、私の携帯が鳴る。雄作からだ。

「久保田コーチ、お忙しいところ、すみません」

雄作は静かに言った。

「どうした、雄作。声に元気がないよ。何かあったのか」

「はい。伊田のことです」

「伊田、どうした」

「はい。あの後、地元の病院に行って……」

私は胸の鼓動が速くなるのを感じた。

「検査した？」

「はい」

「それで」

「白血病……」

「えっ！」

「コーチ、白血病って」

「け、血液の、がん……」

「……」

「ゆ、雄作」

「は、はい」

「それで、伊田は？」

「はい。地元の病院で紹介状を書いてもらい、近々に都内の大学病院で精密検査をするようです」

「雄作、伊田と話したんだよな」

「はい。さっき……」

「どうだった」

「はい。今は検査の後、そのまま地元の病院に入院しています。電話で伊田、開口一番、明日と明後日の練習は休ませてくださいと、言ってました」

「伊田……」

私は言葉に詰まってしまった。

何であんなに真面目な伊田が……、仕事も野球も一生懸命なのに……、何で……。

急性骨髄性白血病。後日、雄作から伊田の精密検査後の病名を聞いた。

二週間後、私は仕事が終わるとすぐに、伊田の入院している都内の大学病院に駆けつけた。

私は受付に行き、見舞いに来た旨を告げたが、親族以外は面会できないと断られてしまった。

やはり、かなり症状が深刻なんだな……。

私はまた改めて受付の担当者に、何とか本人に聞いて私のことを確認してほしいと懇願した。しばらく受付前の待合室で待っていると、伊田とも連絡が取れ、特別に親族の扱いで面会が許可された。

受付担当者の指示で、エレベーターに乗り、五階に向かう。エレベーターを降りると、目の前にナースセンターがあり、そこで伊田の見舞いに来た旨を告げると、一人の女性看護師が出て来て、私を案内してくれた。

集中治療室（ＩＣＵ）

「こちらです」

女性看護師が淡々と告げた。

私は、改めて、伊田の病気の深刻さを感じた。

「すみません。このヘアキャップとマスクを着用してください」

「はい」

私は透明なビニール製のヘアキャップとマスクを付け、集中治療室内に入った。

「今、伊田さんを呼んできますので、しばらくこちらでお待ちください」

「はい」

私の目の前には、大きなガラスで仕切られた部屋があった。その部屋の中には、円形のテーブルが二台、パイプ椅子がテーブルに三脚ずつ置かれていた。

私がしばらく待っていると、伊田が大きなガラスに向かって歩いて来る。

伊田はベージュのニット帽を被り、マスクを付け、水色のパジャマ上下を着ていた。

伊田は私の目の前に立つと、ぺこりと頭を下げた。

以前より少しやつれた感じだったが、顔色はそれほど悪くなかった。

「伊田、具合はどうだ」

私は伊田に向かって大きな声を出した。

コンコン。

伊田が右手を軽く握り、ガラスを叩く。

「んっ?」

私は首を傾げた。

今度は伊田が右手の人差し指で、私の右横を指す。

「で　ん　わ」

伊田が口を開けたり閉めたりした。

「あー、電話か」

私は右横のテーブルに載っている電話機を見つけ、歩み寄る。私が受話器を取り耳に当てると、伊田の声が聞こえてきた。

「久保田コーチ、今日はわざわざ、すみません。今、私のいる所は感染を防ぐために無菌状態なんです。外部とは接触できず、ここに大きなガラスがあって、面会者と話す時は、この電話を使うんです」

伊田は話し終わると、パイプ椅子に座った。

「ごめん、伊田。私もこういう所に来たのが初めてだから、よく分からなくて」

「いえ、でも、本当にお見舞いに来てくれて、ありがとうございます」

伊田は頭を下げた。

「ところで、伊田、具合はどうだ」

「はい。毎日毎日、検査ばかりで、今はちょっと、しんどいです」

「そうか……」

「でも、まだ早期に発見できたので、これからの治療次第では、かなり回復の見込みがあるということです」

私は、見込み、というところが気になったが、聞き返さなかった。

「コーチ、しばらく野球に行けそうもありません。本当に申し訳ありません」

「伊田、何言ってるんだよ。今は、野球より、伊田の身体を治すことが第一だよ」

「はい」

伊田は私を見つめたまま返事をする。

「それより、伊田。仕事も大変で、毎日帰りも遅かったみたいで、その上、土日の野球も頑張ってたから、伊田の身体が持たなかったんだな。私も伊田にフォローができなくて、本当に申し訳なかった」

私は伊田に向かって、深く頭を下げた。

「いいえ、仕事をやりながら、野球をやっているのは、みんな一緒ですから」

「でも、雄作からも聞いたけど、伊田の仕事はかなりハードだって、言ってたよ」

「はい。営業のノルマがきつくて、正直大変でした」

伊田が珍しく本音を吐露する。

「そうか。今は会社、病欠だよな」

「はい。電話で伝えました」

「会社の人は？」

「電話で伝えて、了解は取りつけました」

「会社の人、病院には来てない？」

「はい。まだ……」

伊田は下を向く。

「そうか。でも、身体が治ったら、また会社には戻れるんだろ」

「はい……。でも……」

「でも、どうした？」

「はい。病気が治っても、今の会社には戻らないつもりです」

伊田がはっきりと言った。

「そうか。でも新しい会社を見つけるのも大変だぞ」

「はい。分かっています。でも、俺、まだ野球がやりたいんです」

「……」

私は伊田を見つめたまま、次の言葉を待つ。

「病気が治ったら、しばらくは仕事をやらないで、野球に専念して、とことんやりたいです。俺の野球人生、このままでは、絶対に終わらせたくありません」

伊田は語気を強めて言った。

私は、伊田を見つめたまま、しばらく言葉が出なかった。

伊田は受話器を握りしめたまま、私を凝視している。

「伊田、分かった。ＹＢＣフェニーズは、いつまでも伊田のことを待っているから、焦らず、じっくりと、身体を治してくれよ。伊田、白血病に負けるような選手だったら、チームでも活躍できないぞ！」

私は声を振り絞って言った。

私の目の前で、伊田は涙を隠すこともなく、泣いていた。

その伊田の声は、大きなガラスに遮られて、私の耳には届かなかった。

乱れ

私は大学病院の帰り道、まっすぐ帰宅する気になれず、病院の目の前にある喫茶店に入った。店に入り、席に着くとすぐブレンドコーヒーを注文した。私は注文したコーヒーを待つ間、さっき大学病院で会った伊田のことを考えた。

あんなに若い伊田が、急性骨髄性白血病という大きな病に罹《かか》ってしまった。これから野球どころか、一歩間違えば命を失う危険性もある。

何で私は、伊田がここまで体調が悪くなる前に、気がつかなかったのか……。

私はチームのコーチとして、何をやっていたんだ。あんなに前途有望な若者を、精神的にも肉体的にも苦しめてしまった。

私は大きな失望を感じ、ものすごく落ち込んだ。

店員が注文したコーヒーを運んできたが、口をつける気にはなれなかった。

私はコーヒーカップの中のまっ黒な液体を見続ける。

この暗闇のような色が、今の私の気持ちを象徴していた。

すると知らぬ間に、私の両目から涙が溢れてきた。

私はその涙を拭う気にもなれなかった。

選手にこんなに辛い思いをさせてまで、野球をやらせる意味があるのだろうか。

チームが勝つことばかり目指していると、選手に過剰な負担をかけ過ぎてしまい、追い込んでしまう。

私が、選手たちと直接会えるのは、週末の土日しかなかった。その限られた時間の中で、選手たちの心や身体の状態を把握することは難しい。

いつも学校で指導している虎雄や義人のように、毎日会い、保護者とも連絡を取り合っていれば、物事が大事に至る前に防げることも多くあると思う。

それでも私は、選手たちと毎日会えなくても、もっと頻繁に電話やメールをするなど、把握する方法はいくらでもあったのではないかと思った。

それができていれば、選手たちのことを、もっと理解して、守ってあげられたのではないか。

だが、私には、それができなかった。

その時、私の鞄の中で携帯が鳴った。私はあまりにも落ち込んだ状態だったので、着信を無視した。しかし、しばらくして、また携帯が鳴った。これは緊急の用件だと思い鞄から携帯を出す。

「久保田さん、お忙しいところ、何度も携帯を鳴らして申し訳ありません。今、よろしいですか」

柏市役所の高田課長からだった。

課長はチームを作る段階から常に監督と行動を共にし、懸命にサポートをしてくれた。また今ではYBCフェニーズを柏市のホームタウンチームにすることに尽力してくださるなど、行政面からバックアップをする中心的な存在であった。

「はい。大丈夫です。課長、先程は電話に出られず、申し訳ありません」

「久保田さん、ちょっと声に元気がありませんが、かなりお疲れですか」

課長が気を遣ってくれる。

「いえ、大丈夫です。ところで、何かありましたでしょうか」

「いえね。ちょっと困った事態になりまして」

「はい」

「実は少し前に、千葉県庁の担当者から連絡がありまして、今、YBCフェニーズが使っている廃校になった県立高校のグラウンドなんですが……」

課長は言いにくそうに、一度言葉を切る。

「はい。チームが何かご迷惑をかけましたでしょうか」

「いえ、そういうことではなくて、実は」

「はい」

「使えなくなりました」

「えっ！　使えない？」

「ええ、あそこは県立高校のあった土地なので、県の所有なんです。野球で使用できるように、柏市の方から県にいろいろと手は打ちましたが、すべての決定権は県にあります。それで、県から連絡があったのは、あの土地を近々に民間に売却して、業者がマンションを建てるそうなんです」

「……」

私は言葉が出なかった。

「それで、あの土地の測量を十一月から始めたいと」

「では、使えるのは十月いっぱいまで」

「ええ、そうなります」

「もうこれは、県の決定事項でしょうか」

「ええ、決定事項が柏市に降りてきました。今回はまったく交渉の余地がありませんでした」

「そうなんですか」

「それで……」

「それで？」

「ええ、この件を先程監督さんにご連絡したんです」

「はい」

「ものすごいショックを受けたようで」

「だと思います」

「高田、何とかしろの、一点張りなんです」

「高田さんもご存じのように、監督はあのグラウンドへの思い入れが強いですから」

「それは私もよく分かっているつもりです。私もＹＢＣフェニーズができる前から、監督さんと一緒に動いてきましたので」

「はい。今回の廃校になった県立高校のグラウンドを使えるようになったのも、高田課長のおかげだと、チーム全員が感謝しています」

「いえ、私の力など微力です。監督さんの熱意の賜物ですよ。でもそれだけに……」

「そうですね。監督もここのところ、平日の公式戦で選手が集まらず、他のチームの選手を合流させたりして、いろいろと手は打ったのですが、なかなか上手くいきませんでした。そんなこともあって、ここの所、少し落ち込み気味なんですよね。その上、今回のグラウンドの件は、監督もかなりダメージが大きいと思います」

「ええ、私もその辺りのことは、少し聞いていました。でも久保田さんも公務員なので、県の決定には従うしかないことは、ご理解していただけるかと」

「それは、どうしようもないですからね」

「それで、大変申し訳ないのですが……」

課長はまた言いにくそうに、言葉を切る。

「監督のフォローですか？」

「ええ、たぶん、いくら私が説明しても、あの状態ですと、上手くいかないと思いまして」

「課長、それは私でも同じですよ」

「……」

「分かりました。現実は仕方ないです」

「本当に申し訳ありません」

課長が電話をかけながら、深く頭を下げている姿が想像できた。

結局、私の注文したコーヒーは冷めてしまった。私はコーヒーを飲まず、喫茶店を出た。

「ふー」

外に出ると、大きな息を吐く。

すると、吐いた息とともに、私の中にあった落ち込んだ気持ちも、一緒に吐き出された感じがした。

自分の好きな野球をやっているんだから、何事にも前向きに、自分のできることを頑張ってやるしかないか。

私は、歩きながら携帯を手にし、監督に電話をした。

信頼

「久保田先生、おはようございます。先生、ギリギリに来るなんて、珍しいですね」

絢子先生が爽やかな笑顔で迎えてくれた。

「実は昨日、入院している選手のお見舞いに行ってきました。その後もいろいろあって、帰りが遅くなってしまい、ついつい寝坊してしまいました」

「そうなんですか。久保田先生、野球の方も大変ですね。それより、先生、目がまっ赤ですが、どうされましたか」

絢子先生が私の方に顔を近づけてくる。

(おっと……)

「あっ、いやいや、何でもないですよ。ちょっと、寝不足だったからかな」

私は慌てて両目を擦った。

「それより絢子先生、今日は義人の誕生日ですね」

「はい。それで」

絢子先生が言葉を返そうとしたところで「先生方、おはようございます。打ち合わせを始めます」と副校長の声が聞こえてきたので、絢子先生とは、これ以上話すことができなくなってしまった。

打ち合わせが終わり、教室に行くと、由布子と和美が近づいてきた。

「久保田先生、絢子先生、おはようございます。今日は義人君のお誕生日でーす」

由布子が大きな声で言う。

「私と和美さんで、義人君にプレゼント、持ってきたんです」

由布子が言うと、和美が手に持っている物を見せてくれた。

「まあー、かわいい！　これ、二人で作ったの？」

絢子先生が笑顔で言った。

和美の手には、クリーム色の画用紙のまん中に義人の似顔絵が描いてあった。その絵の上には『ハッピーバースデー義人』の文字、文字の周りには折り紙に描いた小さなアニメのキャラクターたちが並んでいた。もちろん、そこには由布子が描いたであろう、まる子ちゃんもいた。

「今日、義人君に渡すんです」

由布子は満面の笑顔だ。

「そうか。由布子と和美が作ってくれたんだ。義人も喜ぶと思うよ」

私は、笑顔で自分たちの描いた絵を眺めている由布子と和美を見て、急に心の中が暖かくなるのを感じた。

知的障がいのある生徒の教師になって二十三年目を迎えたが、この子たちの純粋な気持ちの表現に何度心が癒されたことだろう。

私の昨日まで乱れていた心の中は、急速に浄化されていった。

「久保田先生、義人君、まだ来ない」

由布子の大きな声に一瞬で我に返った。

「あれ、義人君、今日は遅いわね。遅刻かしら」

絢子先生が首を傾けた。

その日の朝、義人は登校しなかった。


「久保田先生、今、お母さんと電話で話しました。義人君、朝、家は出ていますね」

職員室から教室に戻ってきた絢子先生は少し慌てた様子だ。

「そうですか。絢子先生、義人の家に電話してくれて、ありがとうございます」

「久保田先生、義人君、学校に来る途中で事故にあったとか」

「はい。事故も心配ですが……」

「……」

絢子先生が不安そうな顔で私を見た。

「児童館」

「児童館……、ですか」

「はい。ちょっと、電話してきます」

私が教室を出ようとすると
「久保田先生、義人君、まだ?」

由布子は義人の机の前に立っていた。

「あー、由布子。義人のハッピーバースデーしたいんだよな。ちょっと、待っててな。今、義人に連絡してくるからな」

「うん!」

由布子は笑顔で返事をした。

私は職員室の電話ですぐに児童館にかける。

「あれ、繋がらないな」

もう一度、急いでかけ直す。

「繋がらない。おかしいな……」

また、かけ直す。

「は、はい。○○児童館……」

電話に出た女性職員はかなり慌てていた。

「あの、東部特別支援学校の」

「あっ、義人さんの先生ですか」

「はい。もしかして、義人がそちらに」

「い、い、今、義人さん、大変なんです」

電話の向こうがざわついていた。

「義人、いるんですね」

「は、はい。今、館内で……、先生、すぐ来て……」

電話が切れてしまった。

私は教室にいる生徒たちを絢子先生に任せて、急いで学校の自転車に乗り、児童館に向かった。

（義人、暴れたか）私は全力でペダルを漕いだが、気持ちだけが先走ってしまい、何度も道を間違えてしまう。

（早く、行かないと……）

やっと児童館に着くと、入口の前で、幼児を抱っこした母親がいた。

「あのすみません。中で誰か騒ぎを起こしていますか」

私は汗を拭きながら聞いた。

「あの、よく分からないのですが、中に入るなと言われて……」

「そうなんですね。では、すみません。前を失礼します」

私は靴を脱ぐと靴下のまま館内に入った。

中を見ると、先日義人が子どもたちと楽しく遊んでいた部屋の中央で、男性職員二名が義人を取り押さえていた。義人はうつ伏せで寝たまま、その背中に一人の職員が乗り、両足をもう一人の職員が押さえていた。

「あっ、先生」

前回訪問した時に話した女性職員だ。

「すみません。義人、暴れましたか」

「はい。急に……」

「そうですか。みなさん、怪我はありませんか」

「はい。幸い、まだ利用者が来る前でしたので」

「そうですか。それで、今、義人はまだ不安定なままですか」

「ちょっと、まだ……」

女性職員は取り押さえている職員の顔を見る。

義人の背中に乗っている職員が首を振った。

「分かりました。私が職員の方と交代します」

私は職員のそばに行く。

「すみません。ご迷惑かけて」

私は頭を下げた。

「あっ、久保田先生ですか」

義人は床に向けていた顔を上げ、私を見る。

「義人、もう大丈夫か」

私は姿勢を低くして、義人の顔を見た。

「はい。先生、ごめんなさい」

義人の額から汗が滴り落ちる。

「義人、先生と話ができるか」

「はい。先生、ごめんなさい」


私と義人は児童館二階の個室を借り、お互いパイプ椅子に座った。

「義人、今日は朝から児童館に行ったのか」

「はい」

「義人、今日、誕生日だよな」

「はい」

「何で、今日は朝から児童館に行ったんだ」

「もう児童館には行けないから、挨拶しようと思って」

「そうか。児童館、今日で終わりだしな。挨拶したんだ。偉いじゃないか、義人」

「でも……」

「でも？」

「はい。苛つきました」

「そうみたいだな。何で、苛ついたんだ」

「はい。今日で児童館終わりだから、職員に挨拶したんです。でも、時々、遊びに行ってもいいか、聞いたんです。そうしたら……」

「そうしたら？」

「あいつが……」

義人の目が急に険しくなった。

「あいつ？」

「女の……」

「あの女性職員の人？」

「はい。もう児童館は、終わりにしようねって」

義人の目は険しいままだ。

「そうなんだ。それで苛ついて、暴れた？」

「暴れたのは、よく分かりません。でも、苛々してしまいました」

「そうか。義人は、時々児童館に遊びに行きたかったけど、職員にもう終わりにしようねって、言われて、嫌な気持ちになったんだな」

「はい」

「そうか。義人はまだ児童館に行きたいのか」

「はい。でも、毎日ではありません。もう十八歳になったし、時々です」

「でも、それは、児童館の決まりだから、駄目なんだよ。だから職員の人も仕方がなかったんだよ」

「でも、あの○○さん。いつもすごく優しかったんです。帰る前に、たくさん話を聞いてくれて、お菓子も食べさせてくれました」

「そうか。義人、その○○さんのこと、信頼してたんだな」

「はい。いつも優しくしてくれました」

「そうか……。でもな、義人……」

義人の目から、一筋の涙が零れた。

私は、しばらく言葉が出ず、義人を見つめていた。

「義人」

「はい」

「学校、行こうか」

「はい」

「由布子と和美、あとクラスのみんなが義人の誕生日会をしてくれるぞ」

「えー、本当ですか！　先生！」

義人の目が輝いた。

「本当だよ。由布子なんか、朝から義人のことを待っていたんだぞ」

「そうなんですか。由布子さんが」

「そうだよ。義人、今から帰れば給食に間に合うから、みんなに牛乳で乾杯してもらえるぞ」

「はい！　先生、学校に行きます！」

義人は一目散に個室を出て行った。

拠り所

「乾杯！」

虎雄が大きな声で言った。

「みんなで、ハッピーバースデー、歌おう！」

由布子だ。

絢子先生が小型のエレクトーンで伴奏してくれた。

由布子と虎雄は競い合うように、大きな声で歌っている。その様子を義人は笑顔で見つめていた。歌い終わるとみんなが義人に
「おめでとう！」

と言い、義人に向かって大きな拍手をした。

「義人君、一言、どうぞ」

絢子先生は笑顔で言った。

「はい。みんな、ありがとうございます」

義人は席を立って、みんなに頭を下げる。

また、拍手が起きた。

「よかったな、義人。十八歳か、私といくつ違うんだ。えーと……」

「久保田先生、お腹空いたよー」

虎雄だ。

「そうだな。計算も面倒だから、食べましょう。日直さん、お願いします」

「今日は義人君です」

由布子が言った。

「はい。では、みんな、姿勢を正してください。いただきまーす」

「いただきまーす」

みんなの笑顔が教室内に溢れていた。


その日の夜。

私が自宅に帰るため電車に乗っていると、携帯が鳴った。

学校からだ。私は次の駅で降りて、すぐに電話をかけ直す。

「あっ、久保田先生。お帰りのところ、すみません。加山です」

「加山先生、学校から電話があったので、かけ直したのですが」

「はい。私が先生にかけました」

「何か、ありましたか」

「はい。三沢が警察に補導されました」

「えっ！　補導！　義人が！」

「はい。不審者で通報されて」

「不審者！」

私は訳が分からず、混乱した。

「はい。三沢、隠れて児童館を見ていたようで、近くを通りかかった人に不審者がいると警察に通報されたそうです」

「……。それで、今、義人はどこに」

「○○警察署にいます」

「分かりました。今からすぐ行きます」

「久保田先生、お帰りのところだったのに、申し訳ありません」

（ふー）

私はそのままホームの階段を駆け上がり、反対側のホームに行って、電車を待った。

（義人が不審者？　いったい何が起こった？）

私が○○警察署に着き、腕時計を見ると、ちょうど午後八時だった。

私は受付で事情を伝え、一階のロビーで待った。

しばらくすると階段を小走りで下りてくる大柄な男性が目に入った。私はすぐに立ち上がり、挨拶する。

「東部特別支援学校の久保田と申します。三沢義人がご迷惑をかけまして、申し訳ありません」

私は深く頭を下げた。

「いえ、こちらこそ、先生、わざわざ申し訳ありません。私、少年係の佐々岡と申します」

佐々岡さんは濃紺のスーツに茶色のネクタイを締めていた。年齢はほぼ私と同世代のようで、身長も私と同じ百八十㎝位であった。身体は柔道か剣道で鍛えているのだろう、がっしりとしていた。

「久保田先生、本当に遅い時間に申し訳ありません。本来であれば、三沢君の保護者に迎えに来てもらうのですが、何度自宅に電話しても繋がらないので、学校の方に電話をさせていただきました」

「それで、義人、いや三沢は何をしたのでしょうか」

「はい。今日の夕方五時頃、○○児童館の近くにある電柱の陰に不審者がいると、通報がありました。それで、近くの交番から警官が駆けつけたところ、電柱の陰に隠れてじっと児童館を見つめている三沢君がいたので、署まで来てもらいました。まあ、何か悪さをしたということではないのですが、小さい子どもがたくさん通うところなので、ご近所の方も心配したのだと思います」

「確かに」

「それで、先生。三沢君が署に着いてから、いろいろと話を聞いたのですが」

「はい」

「ちょっと、ご家庭も複雑なご事情があるようで」

「はい。そうなんです。それで、いつも児童館に行っていたのですが、今日で十八歳になり、児童館に行けなくなってしまったんです。実は、今日の昼間もいろいろとありまして……」

「はい。昼間のことも三沢君から聞いております。それで、三沢君が言うには、児童館には行けなくなったけど、いつも遊んでいた幼児や小学生のことが気になって、気になって仕方がなかったみたいですね。それで、児童館の見える位置に隠れて、出入りしている人をチェックしていたようなんです」

「そうなんですね。でも、それはまさに、不審者そのものですよね」

「まあ、はっきり言ってしまうと、そうなんですが」

佐々岡さんは少し笑みを交えて言った。

「でも先生。私も仕事柄いろいろな子どもを見ていますが、家庭環境、特に親からの愛情不足が顕著な子どもは、知らぬ間に自分で心の拠り所を求めて彷徨うんですよ。たぶん、三沢君も児童館が彼の心の拠り所になっていたんでしょう。それは十八歳になったからといって、すぱっと、諦められるものではありませんよ」

「はい」

「それで、先生。もう児童館に行けないのは事実ですから、さっき三沢君には、話がしたかったら、いつでも私が聞いてあげるから、警察署までおいでと言ってあげました」

「そうなんですか」

「ええ、そうしたら三沢君、嬉しそうな顔して、喜んでましたよ」

「でもそれでは、佐々岡さんにご迷惑がかからないですか」

「いえ、これも私の仕事です。三沢君もこのままですと、児童館に対して変に逆恨みをして、何をするか分からない危険性があります。三沢君のように、心の拠り所を求めて彷徨っている子どもは、大人が手を差し伸べて、救ってあげなければなりません」

「はい」

私は佐々岡さんに向かって、深く頭を下げた。

「では先生。私は三沢君を連れてきますので、こちらで少しお待ちください」

しばらくすると、義人が佐々岡さんと談笑しながら、階段を下りてくるのが目に入った。

「あっ、久保田先生」

義人は笑顔で言った。

「じゃあ、三沢君。さっきも言ったけど、もう児童館は終わりにして、何か話がしたくなったら、私の所においでよ。いつでも話を聞いてあげるからね。分かったかい」

「はい！」

義人は満面の笑顔で返事をした。


私と義人は警察署を出て、並んで歩いていた。

「先生、佐々岡さん、いい人だったでしょう」

「そうだな。いろいろと話を聞いてくれるみたいだぞ」

「はい。僕も嬉しくなりました」

「でもな、義人。佐々岡さんも警察のお仕事があるから、毎日は駄目だぞ」

「はい。分かってます。さっき佐々岡さんの携帯番号を聞いたので、話がしたい時には、必ず電話をしてから行きます」

「そうか。それなら、大丈夫かな。それより義人。もう児童館は、行かなくても大丈夫になったのか」

「はい。もう児童館は行かないです」

義人は、はっきりと言った。

「そうか。ならいいけど」

「これからは、何かあったら、佐々岡さんに話を聞いてもらいます」

「そうだな。でもな、義人……」

「あっ、久保田先生。もう家が見えたので、ここからは一人で帰れます。先生、今日は、ありがとうございました」

義人は自宅を目指して一目散に走って行った。

私はその義人の後ろ姿をしばらく見続けていた。

誰にでも、心の拠り所は必要なんだよな……。

監督

「久保田君、この前、電話をくれたけど、今のグラウンド、何とかして、まだ使えるようにはならないのか」

「はい。監督、先日もお電話で伝えましたが、高田課長によると、あのグラウンドは県の土地なので、県が決定を下すと、柏市としては従うしかないようです」

「……」

監督と私は練習後、柏駅前の定食屋に入り、それぞれが注文した品を待っているところだった。

「だが久保田君、今のグラウンドを使えるようになった時は、柏市の担当者、特に高田さんが中心になって、県に働きかけてくれたんだよ。市が県に働きかけて、実現したんだよ。また同じようにしてくれると、いいと思うけどな」

「はい。たぶん、高田さんが働きかけていただいた時は、今のグラウンドについて、今後どうするか、まったく何も決まっていなかったんだと思います。ですから、県も簡単に使用許可を出したのだと思います。高田さんが県に働きかけるタイミングもよかったのだと思います」

「だからな、今回も高田さんが……」

ここで、それぞれが注文した品が運ばれてきた。

「まずは、食べるか」

監督のこの一言で、私は暫し食事に集中することができた。

定食屋のテレビには、プロ野球の巨人対中日戦の放送が映っていた。

監督は食事を摂りながら、時折目線をテレビに移していたが、その試合について、私に語りかけることはなかった。

（監督、いつもなら、気軽にプロ野球の話をするのに……。今回のグラウンドの件は、やはりダメージが大きいのかな）

「それで、久保田君」

食事が一段落したところで、監督が徐《おもむろ》に話し出す。

「はい」

「今日はこの後、次のグラウンド候補地の下見に行くのかな」

「はい。早速、高田課長から連絡がありまして、利根川河川敷のグラウンドを一度見てほしいということでした」

「あー、あそこはね。以前、チームを作る時に高田さんと一緒に行ったことがあるよ。まず、駅から遠いんだよ。選手たちがグラウンドに行くまでが大変だよ。今のグラウンドは駅から近いよな」

「はい」

「それと、そのグラウンドは河川敷だけあって、土や芝の部分のコンディションがかなり悪かったな。普段は軟式が使っているようだが、軟式ならまだしも、硬式となると、ちょっと厳しいな。確か、水道施設もなかったと思うよ。そんなこともあって、以前見た時は使うのを諦めたんだよ」

「はい。課長も言ってました」

「それでも、また行った方がいいか」

「はい。もうしばらくすると課長が車で迎えに来てくれますので」

「そうか……」

「監督、よろしくお願いします」

私は背筋を伸ばしてから頭を下げた。


柏駅から車で揺られること、約五十分。途中県道が混んでおり、思ったよりも時間がかかってしまった。

「監督さん、長い時間、すみませんでした。やっと、到着しました」

課長は笑みを交えて言った。

監督は車の助手席から降りると、両手を組み、大きく身体を伸ばす。

「久保田さんは、ここ、初めてですよね」

課長が監督の隣にいる私に言った。

「はい。ここは初めてです。それにしても、大きな敷地ですね。向こうから、えーと、四面ありますか?」

「ええ、四面ですね。普段は軟式のチームが使っていますが、今日はもうやってませんね」

私が腕時計を見ると、夕方四時を少し過ぎたところだった。今日はよく晴れているので、四面のグラウンドも端から端まで見通しよく見ることができた。

「それで、高田さん。チームが使えるのは、どの面なのかな」

監督が淡々と聞く。

「はい。監督さん、目の前のD面になります。この河川敷グラウンドは柏市の管轄です。普段はA面からD面まで市民に開放しているのですが、D面につきましては、柏市のホームタウンチームということで、YBCフェニーズに優先的に使ってもらうつもりです」

「課長、ありがとうございます」

私は姿勢を正し、頭を下げる。

監督が一人でグラウンドの中に入って行った。

「久保田さん、いろいろと、すみませんでした」

課長が私に近づき小声で話す。

「いえ、いえ、普段の課長のお力添えに比べれば、何でもないです」

「それで、監督さんの方は？」

「うーん。そうですね……」

私はグラウンドを歩く監督を見た。

「なかなか、すぐには納得されないですかね」

「そうですね。でも、こうやって、速やかに使えるグラウンドを紹介してもらえるだけでも、本当にありがたいです。これだけ行政、地元の市がバックアップしてくださるクラブチームはそうはないですよ」

「そう言っていただけると、私としても有難いのですが……」

「でも監督の気持ちも分かるんですよね。いつもそばで見ていますので。監督のＹＢＣフェニーズにかける思いと行動には、本当に頭が下がります。あれだけプロ野球の華やかな世界で活躍された方がここまでやるのかと」

「その通りですよね。だから私もチーム立ち上げの段階から、監督さんの熱意にほだされて、ここまで一緒にやらせていただきました」

「はい。課長にも本当に頭が下がります」

私はまた頭を下げた。

しばらくして、監督が戻ってきた。

「高田さん」

「はい」

「できれば、機械を使って、土の部分を掘り起こして、整備をしてもらいたい。あと防球ネット等がまったくないので、今のグラウンドで使っていた物を運んでもらえると助かる。あと……」

「はい」

課長は監督の次の言葉を待つ。

「ここは、水はないのかな」

「はい。簡易トイレもタンクに入れた水で排水しています。かなり大きなタンクを用意して、定期的に市の方で水を補充することができるかどうかですが……」

「そうですか。できれば今言ったことを、市の方で動いてもらえると助かります。あとは、高田さんと久保田君で細かいことは詰めてもらいたい」

監督は言い終わると、しばらく河川敷グラウンドを見つめたまま、動かなかった。


一か月後、河川敷グラウンドへの引っ越しの日。

「では、選手たちは今運んでもらった用具を使って、グラウンド整備をお願いします」

私は大きな声で指示を出す。

「それでは、市の職員は今降ろした大きなネットの補修とそれが終わったら、内野部分の雑草抜きをお願いします」

課長も私に負けじと、声を張り上げていた。

この日は土曜日にもかかわらず、柏市の職員が十名も手伝いに駆けつけてくれた。

選手と職員がそれぞれの作業に分かれた後、私は課長に話しかけた。

「課長、今日の引っ越し作業、いろいろとご配慮いただきまして、ありがとうございます。前のグラウンドから大きなネット類を運び出すのにトラックを手配してくれ、さらには市の職員の方に手伝いに来ていただいて、感謝感激です」

私は深く頭を下げた。

「いえ、いえ、今日手伝いに来た連中もみんな、ＹＢＣフェニーズのことを応援しているので、今日も快く手伝いに参加してくれましたよ。あと、終わった後、選手たちにはスポーツドリンクと少しですが食べ物も用意していますんで」

「課長、何から何まで本当に申し訳ありません」

私はまた深く頭を下げた。

「久保田さん、そんなに頭ばかり下げないでくださいよ。これからも長いお付き合いになるんですから、お互いに遠慮はなしにしましょうよ」

「はい。すみません」

私はまた頭を下げる。

「ほら、また」

課長は私を見て大笑いする。私も一緒に笑った。

「ところで久保田さん」

「はい」

「今日、監督さんは？」

「仕事だと言っていました」

「そうですか」

「はい。実は……」

課長が私の次の言葉を待つ。

「監督、一か月前にここでグラウンドを見てから、練習に来てないんです」

「そうなんですか」

「はい。体調を壊してないといいんですけど」

「そうですね。ちょっと、心配ですね」

「はい……」

河川敷のグラウンドでは、選手と職員が一緒になって、グラウンド整備に励んでいた。

「おーい、課長。そんな所で立ってないで、早くこっちに来て、手伝ってくださいよ」

年配の職員が大きな声で呼んだ。

「では、久保田さん。我々も行きましょうか」

「はい」

課長と私はグラウンドに向かって走った。

監督のいないグラウンドに……。

助監督

翌日の日曜日、午前七時。

私はＪＲ我孫子駅で下車すると、改札を出て左に曲がり、北口を目指して歩いた。

階段を下りて北口に出たところに、選手が待っていた。

「久保田コーチ、おはようございます」

身長百八十七㎝の細畑投手がペコリと頭を下げて挨拶する。

すると、近くのコンビニで買い物をしてきたのか、ビニール袋を右手に持った自称身長百六十五㎝だという木高投手が歩いてくる。

「コーチ、おはようございます」

「おはようございます。あとは……」

「二人だけですね」

細畑が言った。

隣で木高が頷いている。

「そうか。昨日のグラウンド作りの後、今日、河川敷グラウンドまで歩いて行く選手を募ったのに、細畑と木高だけか」

「はい」

二人が同時に返事をした。

「他の選手はどうやって行くんだ?」

「そうですね。車を持っている選手に声をかけてましたから、乗せてもらうんだと思います」

細畑が言う。

「そうか。では、凸凹投手コンビとおじさんで歩きますか」

私は声を張り上げた。

「コーチ」

木高だった。

「んっ?」

「今更ですけど、調べたら隣の北柏駅の方が歩くと近いかもです」

「えっ、そうなの」

私は木高を凝視する。

「はい。一㎞位近いようです」

「木高、それ何で今言うの？　おまえそういうところが、ピッチングにも出るんだよ。いつも準備が足りなくて、打たれるよな」

細畑が笑いながら言った。

「コーチ、すみません……」

木高が頭を下げる。

「大丈夫だよ。たぶん、どっちの駅からもかなり歩かなければならないから、一㎞位の差はほとんど関係ない。あと、我孫子駅なら快速が停まるから、この駅の方が便利だよ」

「はい」

木高が笑顔で言った。

「では、改めて、河川敷グラウンドまで歩きましょう。木高、時間を計っておいてくれよ。今日は、歩いて行けるかのテストだからな」

「はい」

木高は元気に返事をすると、野球用バッグのサイドポケットからストップウォッチを出し、誇らしげに見せた。

「おー、木高、準備いいじゃん。その調子で、ピッチングも頼むよ」

また細畑が笑いながら言う。

木高は照れて、頭を掻いていた。


「木高、あと、どれ位だ?」

私は額の汗を拭きながら聞く。

「はい。えーと、まだ半分位ですかね」

木高は地図のコピーを見ながら言った。

「えー、半分って、もう一時間は歩いてるよ」

細畑が驚いて言う。

「今、歩いているのは県道だよな。この前、高田課長の車で行った時は、畑の中にある農道も通ったけど」

私は息を切らしながら話す。肩に掛けているショルダーバッグがずしりと重くなってきた。

「はい。ちょっと待ってください」

木高は大きな野球用バッグを左肩から外し、一度下に置くと、改めて地図を確認した。

「コーチ、前に見える登り坂の先に大きな交差点があって、その先から農道になるみたいです」

「そうか。ありがとう。あの交差点の所に自動販売機が見えるから、あそこで小休止しよう」

「はい……」

二人は元気がなかった。

「どうぞ」

私は二人にスポーツドリンクを渡す。

「ありがとうございます」

二人の声が少し元気になった。

「ところで、久保田コーチ」

スポーツドリンクを半分程飲んだところで細畑が話しかけてきた。

「んっ？」

私は右手に缶コーヒーを持ったまま、細畑を見る。

「監督さん……」

「監督？」

「はい。ここのところ、練習や試合に来てないので、どうしたのかなって、思いまして」

「うーん。ちょっと、監督もいろいろと……」

「いろいろと、ですか？　村松さんや雄作さんにも聞いてみたのですが、あまりよく分からないようでして」

「そうか。監督もここまでチームのことをがむしゃらに頑張ってきたから、少し小休止かな。今の私たちみたいに」

「でも監督さん、前の伊勢大会や都市対抗千葉県二次予選の後からすごく苛々している感じがして、ちょっと変だなって、思っていたんです」

「そうか。チームのみんなもそれは感じているのかな」

「たぶん……。でも村松さんには、おまえたちがしっかりしねーから、監督も苛々するんじゃねーかって、一括されてしまいましたけど」

細畑は笑っている。

「そうか。そう言いながら、村も心配しているんだよな」

「はい。そうだと思います」

「木高はどうなの」

「はい？」

「おい、おまえ。久保田コーチと俺の会話を聞いてなかったのか」

細畑がすかさず言った。

「あっ、いや……、聞いてましたけど……」

「けど、なんだよ。木高」

「あっ、はい。監督さんには、お世話になりました……」

「あまえなあ、だから、準備が足りねーんだよ。監督さんのことを心配して話してたんだろ。お世話になりましたじゃあ、もうお別れみたいじゃねーか」

「いえ、そういう訳では……」

木高は下を向く。

「まあ、監督もいろいろと思うところはあるんだよ。そこは監督という重責を背負わないと分からないんだと思うよ。だけど現実としてチームは動いているのだから、我々のできることは、一生懸命にやるしかないよ。そんなまとめでいいかな、細畑」

「はい。コーチ、とりあえず我々のできることを頑張りましょう。いいな、木高。今、できることは、木高、何だ?」

「歩く」

木高の一言に三人が爆笑した。


「ブーブー」「ファーン」

何台もの車がけたたましくクラクションを鳴らし、私たち三人のま横を通過する。

「久保田コーチ、後ろ見ないと危ないですよ。車にぶつかりますよ」

細畑が大きな声を出す。

「あっ、そうだな。それにしても、危ないな」

私はビクビクしながら、車を確認する。

「コーチ、私が後ろに行きますから。木高が先頭で、コーチは二番目、私が一番でかいので、最後尾にいます。縦にしっかり並んで歩きましょう」

「分かった。細畑、すまん」

大きな畑のまん中を通っている農道。

私たち三人は小休止も終わり、後は河川敷グラウンドのゴール目指して、のんびり歩こうと思っていたが、とんでもないことになってしまった。

「おい、木高。ここ何でこんなに車が通るんだ。歩道もないし、ガードレールもないし。ここ、人が歩いたらいけないのか」

私は前を歩く木高に大声で聞く。

また私たちのま横をものすごいスピードでスポーツカーが通った。

「あっ、危ねー。コーチ、この道、県道から県道への抜け道みたいですね。日曜日でもこの交通量ですから、平日はもっと車が増えるんではないですか」

木高が少し横を向きながら、大声を出す。

「そうか。これでは、とても歩いて行けないな。危険すぎるよ」

私の声は、ま横を次々と通過する車のエンジン音に遮断されて、木高にも細畑にも聞こえていなかった。

「コ、コ、コーチ、あそこ……」

木高が左手で農道の下を示す。

「んっ？　どうした」

私は大声で聞き返す。

「うさぎ……、死んでます……」

「……」

私はそこを凝視する。

「車に、轢かれたんですね」

木高は足を止めて言う。

「かわいそうにな……」

私たち三人は合掌してから、また歩き出す。

「久保田コーチ、河川敷グラウンドまで歩くのは、完全に無理ですね」

細畑が言った。

「そうだな。時間もかかるし、危険だな。木高、今、どの位時間が経ったかな」

「はい。えーと、小休止の時間を引いて、一時間五十五分ですね」

「げっ、そんなに……」

細畑だった。

「でも、コーチ。あそこに見える大きな土手を越えれば、河川敷グラウンドだと思います。あと二十分位でしょうか」

その時、一台の車が停止した。

「久保田コーチ、お疲れさまです」

助手席の窓が開き、運転席には井岡が乗っていた。

「おー、井岡。いいところに来た。ラッキーだ。乗せてくれよ」

すかさず細畑が言った。

「あー、細さん。いいっすよ。どうぞ」

井岡が笑顔で言う。

「いや、井岡。まだ歩くよ。ここまで歩いたんだから、完走しなければ。井岡、悪いけど、我々の鞄だけ車に入れてくれるか」

「はい……」

井岡は細畑の顔を伺う。

「よし。二時間十分を切るぞ！　行くぞ！　細畑！　木高！」

「……」

私はなぜか一人だけ、テンションが高くなっていた。

その日の帰り、私は我孫子駅ホームのベンチに深く腰掛けて、到着する電車を待っていた。手には今日の疲れた身体を少しでも癒そうと、砂糖入りの甘い缶コーヒーがあった。

「おー、これ面白いぞー。ブフフ、最高！」

「うるさいのがいるなあ……、どこだ」

私は辺りを見回す。

反対側のホームのようだ。

「おー、次のこれ、ギャハハ、これも最高！」

その声はますます大きくなった。

聞き覚えのある声。

「虎雄……」

虎雄は反対側ホームのベンチに座り、携帯の画面を見ながら大声を出していた。

「おい。虎雄」

私は立ち上がり、虎雄に呼びかける。周りにいる人たちが、驚いた表情で私を見た。

「おい。虎雄」

私は構わず呼びかける。

虎雄はまったく気がつかない。

よく見ると、虎雄は両耳にイヤホンを付けていた。聞こえないはずだ。たぶん、大好きなユーチューブの動画を見ているのだろう。

「アハハハ、これも、すげー、最高！」

虎雄の大声は止まりそうにない。

虎雄は夏休みのショートステイの後、九月一日から正式にその施設に入所した。二週間のショートステイを経て、父親の考えもだいぶ変化していた。父親も虎雄のいない月曜日から金曜日は精神的にもかなり安定していたようで、施設や学校に連絡してくることもなかった。ただ、ショートステイの時と同様に、土日になると虎雄は自宅に帰っており、そこは今まで通り、父親と虎雄の関係が続けられていた。虎雄は、今も大好きな電車の一人旅を行っており、今日はそのルートが常磐線だったようだ。

私は、疲れ切った身体に鞭を打ち、虎雄のところに向かいかけたが、ちょうどその時、虎雄のいるホームに快速電車が滑り込んできた。私は仕方がないのでそのまま見ていると、虎雄はその電車に乗り、奥のドアまで行って、立ったまま携帯の画面を見て、喜んでいた。

私から虎雄までの距離は三ｍ位だった。

「おい。虎雄」

私は大きく手を振る。周りにいる人たちが、今度は怪しい目で私のことを見た。

虎雄の乗った快速が走り出す。

「おい。虎……」

私の前で大きく口を開き、大笑いしている虎雄が行ってしまった。

その電車は土浦（茨城県）行きだった。

（虎雄、どこまで行くつもりなんだ。それにしても虎雄、腹の底から喜んでたな。電車の一人旅は、虎雄の最高の楽しみだからな）


夜の十時、私の携帯が鳴った。

「久保田君、遅い時間に申し訳ない。今、プロ野球の中継が終わったところで」

「いいえ、大丈夫です」

「今日は河川敷で練習したのかな」

「はい」

「どうだったかな、練習の方は」

「はい。練習は滞りなく終わりましたが、駅から河川敷グラウンドまでの移動が大変でした。来週からのスタッフや選手たちの移動手段を考えないといけません」

「そうか。それはご苦労さまだったね。ところで」

「はい」

私の胸の鼓動が高まる。

「来年から、久保田君には、チームの助監督に就任してもらいたい」

「じょ、助監督ですか」

「そうだ。前に巨人の王さんがやったことがあるが、今まで以上にチームの責任ある立場に就いてもらい、チームのことを任せたい」

「はい。それで……」

「んっ？　どうした」

「監督は」

「私は監督のままだが、久保田君には助監督の立場で、今まで私がやってきたことを、全面的に任せたいと思う。久保田君にはここまでもいろいろとチームのことで苦労をかけたが、今度は今まで以上にチームの重責を背負って頑張ってもらいたい」

「はい」

「選手たちには、私が年末までに一度河川敷グラウンドに行くので、その時に私から伝えます。それまでに、久保田君をサポートする人事の希望があれば、私に伝えてください。そこは、久保田君がやりやすい形を尊重するので、遠慮なく言ってほしい」

「はい。監督、分かりました」

「それでは、そういうことで、よろしく頼みます」

「はい」

この電話で、私のコーチは四年で終わり、来年からの助監督就任が決まった。

（ふー）

監督のやってきたことを全面的に任せるか……。これはかなり大変だな……。

一言

「虎雄」

「何？　久保田先生」

「昨日は電車に乗って、出かけたのか？」

「行ったよ」

「常磐線だろ」

「そうだよ。何で、久保田先生、知ってるの？」

「虎雄、ユーチューブ見ながら、大きな声出していただろ」

「ユーチューブで、すげー面白いの見たんだよ」

「虎雄、駅のホームや電車の中で大きな声出したら、いけないんだぞ」

「何で？」

「他の人に迷惑がかかるだろ」

「何で？　久保田先生、見たの？」

「昨日、見たよ。目の前で」

「何で？」

「……」

虎雄は自分の席を立ち、トイレに行ってしまった。

「虎雄君、昨日、久保田先生に見られていたの、まったく気づいてないんですね」

絢子先生は読んでいた連絡帳から目を離して言った。

「昨日見た虎雄、最高に喜んでました。電車の一人旅、大好きなのがよく分かりました。だけど虎雄、うるさくて。あれでは、そのうちに通報されてしまうかもしれません」

「そうしたら、久保田先生、また警察に行かないと」

絢子先生は私を見て微笑む。

「絢子先生、勘弁してくださいよ。この前の義人の時も結構大変だったんです。できればもう警察には行きたくないですよ」

「先生、ごめんなさい。冗談でも言ってはいけませんでした」

絢子先生は頭を下げた。

「それで絢子先生、虎雄のお父さん、今日の連絡帳に何か書いてありましたか」

「はい。えーと、虎雄は昨日、常磐線に乗って電車の一人旅を満喫して帰って来ました。帰宅後夕食と入浴を済ませてから、施設に帰りました。ですね」

「お父さん、安定してるね」

「はい。あと」

「あと?」

「続きがあって、ちょっと長いですね。えーと、私は今、新しいトレーニング方法に没頭しています。それは初動負荷理論に基づいたトレーニングです。初動負荷理論の定義は、反射の起こるポジションへの身体変化及びそれに伴う重心位置変化等を利用し主動筋の弛緩、伸張、短縮の一連動作を促進させるとともに拮抗筋並びに拮抗的に作用する筋の共縮を防ぎながら行う運動です。ふー、何か、私にはよく分かりませんけど」

「あー、それはね。鳥取だったかな、小山裕史さんという人が日本の第一人者で、イチローが取り入れているトレーニング方法として、最近話題になっているんですよ」

「そうなんですね。あとまだ、続きがあります。えーと、今度の面談で、ぜひ久保田先生と初動負荷理論について語り合うのを楽しみにしています。ですって、先生」

絢子先生は嬉しそうな顔で私を見た。

「何か今度の面談、お父さんとの筋トレ教室になりそうだな。実は私も初動負荷理論には興味があって、この前分厚い本を買ったばかりです」

「では、今度のお父さんとの面談は、私は失礼させてもらいますね」

絢子先生は笑顔のままだ。

「いや、それは駄目ですよ。二人だけで筋トレ談義やそのうちに筋トレの実践なんかしたら、ちょっと危ない世界になってしまうかもです」

「ウフフ」

絢子先生は右手で口を隠した。

「でも、久保田先生。虎雄君のお父さん、だいぶ精神的に安定してきましたよね。虎雄君が施設に入って、父子分離したのは大成功でしたね。それと、虎雄君もさっきの久保田先生との会話でも、お父さんに怒られる？　って言わなくなりましたよね。虎雄君もお父さんのプレッシャーから解放されてきたんですね」

「そうだね。お父さんもずっと虎雄がいないのは心配なんだろうけど、土日に帰ってくるから、虎雄の様子も確認できて、ちょうどいいんだろうね」

「久保田先生がいち早く父子分離を考えて、すぐお父さんにショートステイを提案して、その流れで上手く入所することもできたので、本当によかったです。久保田先生のお力は本当にすごいですね」

「いえ、いえ、いつも言っているように、お父さん、二年生の最初の面談で絢子先生の美貌にクラクラしちゃったんですよ。だって、あれから学期始めと学期末の面談、お父さん全部来てますよね。男って、意外とそんなもんですよ」

「また、久保田先生、そんなこと言って。私、恥ずかしくなるので、やめてくださいって、いつも言っているじゃないですか」

絢子先生の頬が少し赤くなってきた。

「先生たち……」

義人が見つめていた。

「あー、義人。ほら、先生たちを見てないで、もう時間だよ。早く次の授業に行きなさい。早く」

「次、ホームルームですよ。先生」

「あれっ、そうか……」


「久保田先生、今、お時間、よろしいですか」

加山先生が職員室にいる私の席に来た。

「ええ、大丈夫ですよ。今、絢子先生、音楽部の指導中なので、ここに座ってください」

「はい。すみません」

「で、加山先生、どうしましたか」

「はい。劇の件で先生にご相談したいことがありまして」

加山先生は昨年に続き、今年も生徒の劇発表の担当になっていた。

「はい」

「実は、和美さんのセリフなんですけど」

「あー、昨年も加山先生には和美のセリフの件で、いろいろとご配慮いただきましたね。ありがとうございました」

「いえ、結局、昨年はセリフが言えなくて、ダンスチームの一員で、踊ってもらいました」

「そうでしたね。和美、なかなか言うのが難しいですね。私にも未だに話しませんからね。この前、私が教室に入ろうとしたら、ちょうど出てきた和美とぶつかってしまったんです。その時和美が、あっ、って言ったんですよ。私に話したというか、目の前で声を出したのは、それが初めてですからね」

「そうなんですか。でも和美さん、これ見てください」

加山先生が一枚の紙を私に渡す。

「これは?」

「はい。先日、生徒に配役希望を書いてもらいました。それは、和美さんが書いたものです」

「そうなんですね。えーと、役は何でもいいです。セリフが言いたい。えっ? これ和美が書いたんですか?」

「はい。上に名前が書いてあると思いますが」

「本当だ」

「それで久保田先生、和美さんもかなり意欲が高いようなので、今年はセリフが言えるように頑張ってもらおうかと思っているのですが」

「そうですか。でも、何が言えるのかな、和美」

「はい。この前、絢子先生とも少し話したのですが、いつも仲のいい由布子さんと同じ子ども役にして、由布子さんのセリフの後に、そうだね、って言うのを考えているのですが、いかがでしょうか」

「うーん。その一言が言えるかどうか……」

「はい。昨年は残念ながら上手くいきませんでしたけど、今年は和美さんの意欲も高いようですし、何とか頑張ってもらいたいと思っています」

「そうだね……」

私は加山先生を見つめた。


年が明けて、劇発表の日。

「次、暗転の間に子ども役の生徒を入れてください」

インカムを通して加山先生の指示が飛ぶ。

「久保田先生、私が合図を出したら、照明を入れてください」

「了解」

照明担当の私は体育館のギャラリーに上がり、スポットライトの取っ手を握りしめていた。

「絢子先生、暗転が終わったら、子ども役のダンスになります。音楽の準備をお願いします」

「了解です」

音楽担当の絢子先生は体育館フロアーの端で音響機器の操作をしていた。

暗転が終わり、大音量でダンスミュージックがかかった。

私は照明をつけ、踊っている子ども役の生徒たちに当てた。

「次だ……」

私は呟く。

子ども役のダンスが終了し、客席から大きな拍手が起きる。

その後の静寂。

由布子が和美を連れて、舞台中央に出てきた。

「……」

私は固唾を呑む。

「ねえ、ねえ、あゆみ。みんなとこうやって踊って、仲よくしないと、いけないよねー」

由布子のセリフは練習通り、完璧だ。

次は、あゆみ役の和美のセリフ。

「……」

和美は、はにかんだ表情で下を向いてしまう。

「おい。和美……」

私は祈るような気持ちで和美を見る。

舞台下にいる加山先生が和美に声をかけている。

和美は加山先生をチラチラ見ていたが、また下を向いてしまった。

「和美さん、そうだね、だよ」

たまらず由布子が囁いた。

「……」

客席は静寂したままだ。

加山先生が必死に和美に声をかけ続けている。

「……」

「すみません。和美さん、言えそうもないので、次、行きます」

インカムから加山先生の声が聞こえた。

「ちょっと待ってください」

絢子先生だ。

「はい？」

すぐに加山先生が反応する。

「和美さん、今、必死に言葉を出そうとしています。少し顔が上がってきました。もうちょっとです」

「和美、頑張れ！」

私は思わず、ギャラリーから声を上げてしまった。

「……」

「ちょっと、無理じゃないですか」

加山先生が小声で言う。

「和美さん！　頑張って！」

絢子先生が大きな声で言った。

「……」

由布子は和美を見つめたままだ。

その時、顔を上げた和美が由布子を見た。

私は祈るしかない（頑張れ！　和美！）

その時。

「うん」

和美が言った。

静寂の後、客席からパラパラと拍手が起きると、その拍手が徐々に大きくなり、ついには体育館フロアー全体が大きな拍手に包まれていった。

私は、涙が止まらなかった。

「加山先生……、ありがとうございました」

絢子先生の声がインカムを通して聞こえた。音響機器の前で絢子先生も目頭を押さえている。

「よかったです。では、次の場面、行きましょう」

加山先生は落ち着いた声で言った。


和美、偉いぞ、よく頑張ったな……。うん。

十八年前

「杉田、練習試合の相手、クラブチームとあと大学の野球部にも連絡したいんだけど」

「はい。久保田コーチ、いや、助監督。今までは監督が先方のクラブチームの監督に連絡して、大学の方は神奈川にある○○大学とよくやっていました。あそこの監督さんが元プロ野球選手なので、監督も連絡しやすかったようです」

「他の大学は？」

「あとは、タイミングが合えば、茨城にある○○大学でしたね」

「確かに、その二校はやったことがあるよな。でも、これからチーム力を上げることを考えると、クラブチームだけではなく、実力のある大学野球部と練習試合をやった方がいいよな」

「そうなんですけど」

杉田は言いにくそうだ。

「けど？」

「はい。実力のある大学野球部はクラブチームが練習試合をお願いしても、ほとんど駄目なんですよ。いつも大学同士や企業チームと練習試合を組んでいるので、クラブチームは入る余地がないんですよ」

「そうなんだ。でも、連絡してみないと分からないよな。練習試合をして、いい選手がいたら、チームに勧誘もしたいし」

「そうなんですけどね。その辺、なかなか上手くいかないと思いますよ。助監督」

杉田との電話はここで終わった。

その週の土曜日に私は杉田から大学野球部マネージャーの連絡先が入っているリストをもらった。私は監督に代わって三月から始まる練習試合を組まなければならなくなったのだ。

「あの、千葉県柏市のＹＢＣフェニーズ助監督の久保田と申しますが、三月または四月に練習試合をお願いできないかと」

「はい？　ＹＢＣ……、何ですか？」

「ＹＢＣフェニーズです」

「はあ、あの、クラブチームですか？」

「はい。そうです。練習試合をお願いできませんか」

「あの、うちは、クラブチームとはやりませんので」

大学生のマネージャーにあっさりと電話を切られてしまった。

めげずにまた連絡する。

「すみません。そちらのホームページで予定を確認すると、三月○日は練習試合の予定は入ってないようですが、お願いできませんか」

「あの、そちらは、クラブチームですよね」

「はい。三月○日に……」

「あー、えーと、その日は、他のチームと調整中でして、入れるのは難しいかと……」

「では、ＹＢＣフェニーズもその調整に入れていただきたいのですが」

「でも、クラブチームはですね……。またの機会ということで……」

また電話を切られてしまった。

私は土曜日と日曜日の練習後に時間を見つけては、大学野球部マネージャーに電話をかけ続けた。十数校にかけたが、練習試合はまったく組めなかった。

何かあの時と似ているな……。

十八年前、私は養護学校のソフトボール部を指導して二年目に東京都養護学校ソフトボール大会で優勝した。それ以降、連続優勝を重ねていくうちに、もっと強い学校と試合をして、生徒たちの能力を高めたいと考えた。そこで私は、当時勤務していた養護学校の近辺で、ソフトボール部のある普通高校に練習試合のお願いをした。しかし、十校近く連絡したものの、すべて断られてしまった。中には、養護学校というだけでろくに話も聞いてもらえず、すぐに断る学校もあった。私はどうしようもなくなったので、仕方なく女子ソフトボール部のある高校に連絡をとった。私立松陰高校だった。すぐに顧問の堅田先生に繋がり、練習試合のお願いをすると、二つ返事で快諾してくれた。

（まあ、最初は女子でも仕方ないか……）

しばらくして、松陰高校との練習試合の日を迎えた。

私は女子ソフトボール部の選手たちの動きを見て驚愕した。アップの時からまったく違う。ランニング時もしっかり統率がとれており、声の出し方も一糸乱れることがない。キャッチボール、ボール回し、ノック、どれもその動きの速さといったら、普段私が指導している生徒たちを、三倍速にした位の速さと正確さだった。

女子だからと、私は完全になめていた。

○対二十一、大敗だった。

その時の松陰高校のピッチャーは、ウインドミル投法でものすごく速いボールを投げていた。ピッチャーが投げた瞬間に「ズドーン」とキャッチャーが捕球する音がした。

さらに、スピードに緩急をつけるので、生徒たちはまったく打てない。バットにかすることもできず、たまたま当たった打球がヒットになった一安打のみ、あわや完全試合になるところだった。

これが、本物のウインドミルか……。

聞けば、松陰高校ソフトボール部は東京都の女子大会で常にベスト4に入る強豪チームだという。生徒たちがまったく相手にされなかったのも頷けた。試合後、私は大敗した悔しさもあったが、同時に試合を快く引き受けてくれた堅田先生と、一切手抜きなく戦ってくれた松陰高校ソフトボール部の選手たちに、心から感謝の気持ちでいっぱいだった。

私はその日以降、日本ティーボール協会の縁でお世話になっていた早稲田大学ソフトボール部の吉村正監督を訪ね、真剣にウインドミルの勉強を始めた。また自らも習得しないと生徒には教えられないと思ったので、私がウインドミルをできるように自己研鑽を重ねていった。

それから、私の指導した生徒たちは投手を中心に力をつけ、養護学校の大会で連覇を重ねながら、ソフトボールの健常者チームに挑戦できる力を備えていった。


そのような中、ふと、ある監督の名前が浮かんだ。

私は名刺入れの中を探す。

あった。

「はい。西村です」

「あの、突然お電話して、申し訳ありません。昨年秋の千葉県野球連盟の催しでご挨拶させていただきましたＹＢＣフェニーズの久保田と申します」

「えーと……」

「柏のクラブチームで」

「あっ、谷沢さんのところ」

「はい。突然お電話して、申し訳ありません。実は、大変恐縮ですが、三月か四月に練習試合をお願いできないかと、誠に厚かましいお願いで、申し訳ないのですが」

「……」

「はい。練習試合ですね。ちょっとお待ちください。今、手帳を確認しますね」

私の胸の鼓動が高まる。

「えーと……」

「はい」

「三月の二週目、○日の土曜日なら、大丈夫ですよ」

「は、はい！」

私は喜びのあまり、思わず大きな声を出す。

「よろしいでしょうか？　この日ならＡチームが大丈夫なので」

「は、はい。Ａチームということは、リーグ戦のメンバーですか？」

「そうですね。よろしいでしょうか？」

「は、はい。ぜひ、よろしくお願いします」

「分かりました。では、また試合の日が近づきましたら、うちのマネージャーから連絡させますので」

「は、はい。分かりました。あの……」

「はい。何か」

「西村監督、ありがとうございます」

私は電話口で深く頭を下げた。

「いいえ、こちらこそ、よろしくお願いします」

私は電話が切れたことを確認すると
「よっしゃー！」

と思わず叫び、右腕で大きなガッツポーズをとった。そして、すぐ杉田に電話する。

「はい」

「おー、杉田」

「あれ、助監督、元気な声ですね」

「練習試合、一つ決まったよ」

「はい。いつですか」

「三月〇日」

「はい。それで、相手は？」

「東京情報大学」

「おー、情報大。Bチームですよね」

「Aだよ」

「えー、って。別に洒落じゃありませんよ。Aチームですか。リーグ戦のメンバーですよ。それに東京情報大学は千葉県大学リーグの一部上位校ですよ」

「そうだよな。先方の西村正隆監督に直接電話したら、日程を調整してくれたんだよ」

「そうなんですね。久保田助監督、やりましたね」

「あー、よかった。これで、少しは選手たちのやる気に繋がってくれるといいけど」

「そうですね。強いチームとの試合があれば、選手たちも目標ができますからね」

「杉田、また先方と詳細が決まったら、伝えるから」

「はい。了解です」

私は杉田との電話が終わった後も高揚感に包まれたままだった。


三月〇日、東京情報大学と練習試合の日。

「杉田、何で選手が十二人しかいないんだよ。今日の相手、東京情報大学のAチームだぞ」

「はい。助監督、選手たちもよく分かってはいたと思うのですが、仕事や授業、いろいろとあるみたいで」

「何で、選手たちは調整できないんだよ。初めて強豪大学と試合をするんだぞ。先方の西村監督のご配慮に対して、失礼になっちゃうよ」

「でも、助監督。ここのところ、いつも練習や試合に来るメンバーは、こんな感じですよね」

「でもな……」

私はこれ以上言うのを、何とか堪えた。

練習試合は大敗した。チームは相手投手にまったく歯が立たず、十二対〇の完封負けだった。

試合後、私は西村監督の許に直行した。

「西村監督、今日は試合を組んでいただき、ありがとうございました」

私は姿勢を正し、帽子を取ってから、深く頭を下げた。

「いえ、いえ、こちらこそ、今日はありがとうございました」

監督も同様に挨拶を返してくれた。

「私どもの人数が少なかったのと、実力不足でお恥ずかしい試合になってしまい、本当に申し訳ありません」

私はまた深く頭を下げる。

「そんなことはありません。逆にうちの学生たちは失礼がなかったでしょうか」

「とんでもありません。西村監督、こんなお恥ずかしい試合をした後で大変恐縮なのですが、また夏にでも練習試合をお願いできませんでしょうか」

「はい。うちは連絡をいただければ、大丈夫ですよ。ぜひ、またやりましょう」

監督は笑顔で言った。

「西村監督、その時はまたどうぞよろしくお願いします。今日はありがとうございました」

私は西村監督が差し出してくれた右手を両手で握り、同時に深く頭を下げた。

こういうチームに勝てるようにしないとな。

また新しい目標に向けて、頑張らないと。

私は十八年前の自分に戻っていた。


帰り道、杉田と並んで歩いていた。

「久保田助監督」

「んっ?」

「今日の試合前」

「どうした」

「監督にそっくりでしたよ」

「えっ、何が?」

「選手の人数が少なくて、苛ついてましたよね」

「そうかな」

「はい。監督と似てるなあって。助監督と話した後、思わず一人で笑ってしまいました」

「杉田、おまえなあ……」

「でも、今日は何かチームにとって、新たな一歩を踏み出した感じで、よかったですね」

「そうだな。私も新たな目標ができたよ」

「また、頑張りましょうね。助監督」

「そうだな。杉田」

ふと西の空を見ると、まっ赤な夕焼けが目に入った。

私の目に、その輝きがまぶしく映っていた。

安堵

卒業式が無事に終了し、私は誰もいない教室に一人でいた。

（とりあえず、ほっとしたな……）

卒業式の後、虎雄の父親が私のところに駆け寄ってきた。

「久保田先生、二年間本当にお世話になりました」

父親は深々と頭を下げた。最後まで律儀な父親だった。

「先生、これ」

父親が紙袋を見せる。

「はい?」

「これ、どうぞ」

「いや、お父さん。わざわざお礼の品なんて、恐縮です」

私の顔が思わず綻んだ。

「これ、ぜひ、見てください」

「見る? お手紙か何かですか?」

「いえ、先生の参考になればと思いまして」

「参考に?」

「はい」

父親はにんまりした。

私は渡された紙袋を開ける。

『これであなたの筋肉が変わる! 写真で見る・肉体改造の極意!』

「お父さん……」

「これ、限定版なんですよ。発売と同時に取り寄せました」

「あ、ありがとうございます……」

「先生、ぜひ参考にしてください。それでは、お世話になりました」

父親はまた深く頭を下げて、去って行った。

何とも虎雄の父親らしい幕引きだった。

私が教卓の椅子に座り、虎雄の父親からもらった冊子を捲っていると、教室に絢子先生が入って来た。

「あー、久保田先生。ここにいらしたんですね」

「はい。絢子先生、卒業式が終わったら、なぜか急に力が抜けてしまいました。ほっとしたのか、脱力状態になったので、一人で教室に避難していました」

「そうだったんですね。あっ、久保田先生、それ」

絢子先生は私が手にしている冊子を見た。

「はい。虎雄のお父さんからのプレゼントです……」

私は冊子の表紙を絢子先生に見せた。

「……肉体改造の極意ですか……。虎雄君のお父さんらしいですね」

絢子先生は微笑んでいた。

「はい。もらった時は少し驚きましたが、これ、かなり専門的な内容ですね。私も勉強になりますし、チームの選手たちにも役立つと思います」

「それは、よかったですね。それより、久保田先生」

「はい」

「今日無事に生徒たちが卒業できて、本当によかったです。虎雄君や虎雄君のお父さんのこと、義人君のことなど、ここまでいろいろなことがたくさんあって、私、正直、どうなるのか、いつも心配で、心配で。でも、何が起こっても、いつも久保田先生がどんと構えて対応してくれたので、本当に心強かったです。久保田先生、どうもありがとうございました」

絢子先生は両手を膝に当て、深く頭を下げる。

「じゅ、絢子先生、何、他人行儀なことしているんですか。お礼を言うのは私の方ですよ。私はいつも何かあるとすぐに突っ走ってしまうので、絢子先生が上手にコントロールしてくれなければ、上手くいかなかったと思います。絢子先生の肢体不自由のある生徒たちへの指導で経験したきめの細かさが、このクラスの生徒や保護者にも大いに役立ったと思いますよ。結局、和美は私とは話さなかったけど、絢子先生とは普通に話せていましたし、生徒の心を掴むのは、絢子先生の方が上手かったと思いますよ。私の方こそ、お礼を言わなければです。本当にありがとうございました」

「でも、久保田先生は、今まで関わった教師や関係者と上手くいかなかった虎雄君のお父さんの心をしっかり掴みましたよね。すごいなーって、思いましたよ」

「そうですかね。でもいつも、生徒や保護者とは、たまたまの出会いなんですよ。でも、そのたまたまの出会いを大切にしないといけないなと、年数を重ねるごとに思うようになりました。

虎雄も義人も由布子も和美も、他の生徒たちも、そしてその保護者も、みんなたまたま出会っただけなんですけど、会っているうちにいろいろなことが起きる。その過程で人間関係も築かれていくんですよね。でもすべては、たまたまから始まっているんですよ」

「そう言われてみれば、この学校で久保田先生と一緒に担任を組ませていただいたのも、たまたまなんですよね。その過程で先生とも人間関係が築かれていったんですね」

絢子先生が私を見つめた。

（おっと……）

「久保田先生、私、なかなか言えなかったんですけど」

「はい」

胸の鼓動が急激に高まる。

「私、……先生と」

「はい」

もう駄目だ。心臓が破裂する！

「……先生と、か、加山先生と結婚することになりまして、そのご報告です」

絢子先生の頬がまっ赤になった。

「……」

「久保田先生……」

「……、はい。そ、そ、それは、おめでとう……、ございます」

「ありがとうございます」

絢子先生が私を見て微笑んだ。

その時。

「あー、また二人で話してるー」

小田先生だ。

小田先生が教室に入って来た。

「ちょっと、ちょっと、久保田先生。何、いじけたような顔してるんですか？」

「べ、別に、いじけてなんて……」

「そうですかー」

小田先生が私の顔を覗き込む。

「それより、久保田先生。もう絢子先生といちゃいちゃしたら、いけませんよ。絢子先生はねぇー」

今度は絢子先生の顔を覗き込む。

「小田先生、絢子先生のこと知っていたんですか」

私は声を振り絞る。

「もちろんですよ」

小田先生は胸を張った。

（恐るべし、学校情報の目は健在だった）

「加山先生が言ったみたいで」

絢子先生が恥ずかしそうに言う。

「あら、やだ、絢子先生。加山先生だなんて、よそよそしいわ。いつも何て呼んでるのよ」

「やめてください。小田先生、教室ですよ」

絢子先生は嬉しそうだ。

「でも、寿だから、加山先生は異動ね？」

「はい。もう6年もいたので」

「そうよね。でもまた、この学校に加山先生がいるのね。加山絢子先生が、ね、絢子先生！」

「もう、本当にやめてくださいって。小田先生」

絢子先生は頬を膨らます。

「でも、久保田先生のクラスも無事にみんな卒業できてよかったですね。あと、久保田先生、奈央さんも、やっと就職が決まったんですよ」

「そうですか。それはよかった。奈央もお母さんも喜んだでしょう。奈央は小田先生が三年間担任をしたので、先生もほっとしたでしょう」

「はい。さっき、奈央さんが実習に行っていた会社から連絡があって、内定をもらいました。

すぐお母さんに連絡したら、泣いて喜んでいました。でも奈央さんが、その会社に行きたい一番の理由、何か、分かりますか？」

「いえ」

私は首を傾けた。

「歩いて行けるからなんですよ」

「そうなんですか」

「はい。奈央さんが一年生の時、ダイエットのために自宅から学校まで歩くのを始めましたよね。それが今まで続いて、奈央さん、今、一年生の時より、十キロも痩せたんですよ」

「それは、すごい！ そういえば最近スリムになりましたよね」

私は少しずつ元気が出てきた。

「はい。それで、就職してからも痩せたいと、歩いて行ける会社にこだわっていたんです」

「そうなんですか。でも奈央、女子だから、美意識が高まるのはいいことじゃないですか」

私は小田先生を凝視する。

「ちょっと、久保田先生。何で、美意識と言った後、私を見るんですかあ」

「いえ、たまたま、です」

「ウフフ」

絢子先生が右手で口を押える。

「それより、久保田先生」

「はい」

「今度、入学してくる弓田守君」

「私のクラスですね」

来年度の体制はすでに発表されていた。

「なかなか、らしいですよ……」

小田先生がにんまりした。

「なかなか、ですか……」

「はい」

小田先生は四月から普通中学校に異動することになった。その中学校には不登校の生徒が通う学級があり、その担任をしながら、悩みを抱えた生徒や保護者の相談担当もするという。小田先生の力が発揮できる異動先だった。

絢子先生と小田先生が出て行くと、教室に静寂が訪れた。

「ふー」

私は大きな息を吐く。

（やれやれだな……）

私は窓際に行き、大きく身体を伸ばした。

「あー」

思わず声が出る。

「あれ?」

私は身体を伸ばしたまま、窓の外に見える人影を注視した。

「義人……」

義人は学校前の道路を渡った電柱の陰から教室を見ていた。

私は窓を開けた。

義人は驚いた顔をして、慌てて電柱に身体を隠す。

私は義人に向かって、大きく手を振った。

義人はまったく反応しない。

私はすぐに窓を閉め、教室の明かりを消す。

すると、電柱の陰から義人が走り去る姿が見えた。

「義人、もう学校は終わりだぞ……」

私は義人が走り去った方向を見て呟いた。

学校も義人の心の拠り所だったんだな……。

よかった……。

自己表現

「えっ？　格闘技のセンスがある？」

「はい。先生、このような席で不謹慎な発言かもしれませんが、守君、格闘技のセンスがありまして」

四十代半ばの男性教師は笑顔を交えて話す。

四月中旬、入学してきた生徒たちの出身中学校担任との引継ぎ連絡会が行われた。

弓田守は区立の養護学校中学部から進学し、今日はその担任をしていた教師が来校した。

「あの、もう少し詳しく教えてもらえますか」

「はい。守君、普段はニコニコして、穏やかなんです。時々冗談も言ったりして、それがまた面白くて」

「はい。守は今のところ特に問題なく、穏やかに過ごしています。スポーツニュースなんかも詳しくて、私ともプロ野球の話でよく盛り上がっていますよ」

「そうなんですよ。特に野球は大好きですね。プロ野球の試合で乱闘があると、次の日には目をギンギンに輝かせて登校していました」

「はい。それで先生、乱闘ではなく格闘技の話は？　まあ似たようなものですけど」

「はい。すみません。で、守君なんですが、ひとたびスイッチが入ってしまうと」

「はい」

「すごい攻撃力なんです」

「先生、その辺をもう少し詳しく」

「はい。総合格闘技ばりのパンチとキック。特にキック、回し蹴りの威力は半端ないんですよ」

「あの、先生。ここは新人格闘家の入門アピールの場ではないので、もう少し教育的な話をしてください」

「はい。すみません。守君、自分の思い通りにならないと、暴れてしまうんです。そのスイッチが入ると、瞬殺で相手を一撃する破壊力がすごくて」

私は思わず目の前の教師を睨んでしまう。

「実は、うちの中学部でも、守君の攻撃で被害に遭った教師が多くいまして、くれぐれも女性教師は守君の指導に当たらない方がよろしいかと……」

「そうなんですね。要は、守は自分の思い通りにならないと暴れてしまう。わがままということですね」

「まあ、はっきり言ってしまえば」

「今のところ、学校では特に問題なく過ごしています。笑顔も多くて、順調だと思いますけど」

「でも先生、ひとたびスイッチが入ると、とんでもないことに……」

「はあ……」

「久保田先生、昨日、巨人対阪神で大乱闘！　すごかったよねー」

守が目を輝かせて言った。

「そうだな、守。確か、退場は」

「三人！」

「守、よく見てるなあ。それより守、今は野球の時間ではないから、この計算問題を早くやろうな」

「分かったよ」

ゴールデンウィークも終わり、守が入学してから、約一か月が過ぎていた。

「守、できたか？　どれどれ、んっ？」

「守、足し算と引き算は合っているけど、掛け算と割り算の答えが、これは？」

「……」

守は前を見つめたままだ。

「ぱおーん？　何だ、この答えは？」

「……」

「ぱおーんって、守……」

守が急に椅子から立ち上がり、教室を出て行く。

「おい、おい、守。何やってるんだ。仕方ないなあ」

私は守の後を追う。

守は下駄箱前のホールで立ち止まっていた。

「おい、守。そんなところに逃げてないで、もう一度計算をやり直すぞ」

私が守の腕を掴んだその瞬間。

バシッ。

いきなり私の手を振り解き、右フックが飛んできた。そのパンチが私の胸を直撃する。

「うっ」

急にやられた私は思わず蹲《うずくま》ってしまう。

今度は右足からキックだ。

私は慌てて左腕で防御した。

バキッ。

「痛っ」

私は思わず、後ろに下がり、守との距離を保つ。

守は私に向かって突っ込んでくると、そのまま回し蹴りの体勢に入った。

私は咄嗟に身体を屈めると、そのまま守の左足めがけて飛び込んだ。守は回し蹴りの軸足を取られてしまい、そのまま床に倒れ込む。私は守の上に乗り、身体を押さえた。その時に、騒ぎを聞きつけた男性教師二名が救援に駆けつけてくれ、守のバタつく足を押さえてくれた。

身体を押さえたまま、十五分が経過した頃。

「先生、タンマ。ギブ」

守が大汗をかきながら言った。

「守、ギブアップか?」

私の汗が床に滴り落ちる。

「そう、ギブ」

「分かった、守。もう押さえるのをやめるから、大丈夫だな?」

「ギブ……」

私たちが立ち上がると、守もゆっくりと起き上がり、大きな声を出す。

「あーあ」

守が首を振ると、コキコキと音がした。

「守、もう大丈夫か?」

「もう、ギブだよ」

守は何事もなかったかのように、教室に戻って行く。念のため、救援に駆けつけてくれた教師二名が守の後について行く。

守は、掛け算と割り算が分からなかった。

分からないことや、できないことを自分で言えればよかった。

それが言えない守の自己表現の仕方は、その場から逃げることと、追いかけてやらせようとする私に攻撃するということだった。

これは、自宅でも、自分の思い通りにならないことがあると、大変なんだろうな……。

またいろいろとありそうだな……。


私は胸と左腕の痛みに耐えながら、一人、保健室に向かった。

女神

五月、助監督として初めて采配を振るう都市対抗千葉県一次予選を迎えた。

私は試合前、緊張感から喉が渇いて仕方なく、ペットボトルのお茶を何度も飲む。

昨年までの予選では、いつも隣に監督がいた。

(やはり、今までは精神的にも監督に支えられていたんだな)

私はまたペットボトルを手に取り、一気に飲んだ。

「はい。助監督」

杉田が新しいペットボトルのお茶を渡してくれた。

「あー、杉田。ありがとう」

「助監督、まだ試合前なのに、もう一本飲んでしまったんですね」

「そうだな。なぜか喉が渇いて仕方ないよ」

「そうですよね。いつも緊張する一次予選の初戦ですが、今日は助監督の初采配ですからね。なおさら、緊張しますよね」

「そうだな。私も昨年までとは、気持ちの高揚感が違うよ」

私と杉田は一塁側ベンチに並んで座り、グラウンドでキャッチボールをしている選手たちを眺めた。

「んっ？」

「どうしましたか？」

杉田が私を見る。

「スタンドから……」

「スタンドがどうかしましたか？」

「久保田先生って、聞こえたような……」

「助監督、まさか。緊張のあまり、幻聴が……」

「久保田せんせー、がんばってー」

「ほら」

私は杉田を見た。

「本当だ」

私と杉田はベンチを出て、一塁側のスタンドを見上げた。

「あっ、ママ。ほら、ほら、久保田先生、出てきたよ」

スタンドの中段に和美と母親が座っていた。

「私が三月まで担任していた生徒だよ」

私はスタンドを見上げたまま、杉田に言う。

「そうなんですか。わざわざ、応援に来てくれて、嬉しいですね。助監督」

「でも、和美があんなに大きな声出せるなんて……」

「えっ、あの子、元気そうですよね」

「場面緘黙症なんだよ」

「えっ、場面……、何ですか」

「まあ、話せば長くなるから、そのうちな」

「はい……」

私はその場で帽子を取り、和美と母親に向かって、帽子を高く上げてから、頭を下げた。

「ほら、ママ。久保田先生、久保田先生」

和美が私を指差しながら、喜んでいる。隣の母親がペコリと頭を下げた。

（何か、この勢いなら、和美と会話できそうだな……）

試合が始まった。相手は野田市のクラブチームだ。

試合は大接戦になり、六対六のまま延長戦に突入する。

「久保田せんせー、がんばってー」

和美も懸命に声援を送ってくれる。

カーン。

延長十回裏、雄作がサヨナラタイムリーヒットを打ち、決着した。

「やったー」

和美の声が聞こえる。

勝利の後、選手とスタッフが一列に並び、一塁側スタンドに向かって、挨拶した。

和美はすでにスタンドの最前列まで来ていた。

和美が私の目の前で手を振っている。

「助監督、公式戦初勝利、おめでとうございます」

杉田が右手を差し出す。

「ありがとう。杉田、勝ってよかったな」

私は杉田とがっちり握手した。

「助監督、あの子の声援、嬉しかったですね。勝利の女神になりましたね」

杉田はスタンドにいる和美を見ている。

「そうだな。和美があんなに元気に喜んでくれて、私も嬉しいよ」

急に目頭が熱くなってきた。

「助監督、私は早速、監督と村松コーチ兼任に試合結果を報告してきます」

「頼みます」

私は年明けに助監督に就任すると、村松にコーチ兼任選手を雄作には主将を依頼していた。二人とも快く受諾してくれ、ここまでそれぞれの立場で懸命にチームを支えてくれていた。村松は、今日はどうしても仕事を抜けられないと、試合は欠席していた。

「助監督」

雄作だった。

「ボール、どうぞ」

雄作が手にしているボールを私に渡そうとする。

「んっ?」

「助監督、初勝利のウイニングボールです」

雄作は満面の笑顔だ。

「何言っているんだよ、雄作。このボール、雄作のサヨナラヒットのボールだろ。雄作がもらわないで、どうするんだよ」

「はい。では遠慮なく、もらっていきます」

雄作はズボンの後ろポケットにボールをしまうと、ベンチに戻って行った。

（雄作らしいな。気を遣ってくれて、でも、嬉しいよな……）

私が控室に戻ると、杉田が近づいて来た。

「助監督、あの女の子」

「あー、今、すぐ出るから、会ってくるよ」

「これ、あの女の子からです」

杉田は小さな紙を持っていた。

「んっ？」

久保田先生　今日は勝って　よかったね！　明日も勝ってね！
明日はいけないけど　おうえんしてるからね！
久保田先生　ファイト　♥
和美

「助監督、やりますねー。ハートマークつきですよ」

杉田は満面の笑顔だ。

「杉田、何、見てるんだよ」

「いえ、いえ、別に見るつもりはなかったんですけどね」

「本当か？　杉田」

「はい……」

「でもこういうのが、教師やっていると嬉しいんだよ。助監督としての今日の初勝利も嬉しいよな。何か本当に勝利の女神だな」

「和美さんでしたっけ、場面……、何とか症の」

「まあ、今日は勝利の女神和美、ということで、いいんじゃないかな。杉田」

「そうですね。助監督」

杉田は笑顔のまま私を見ていた。

奇跡

「また集まらないのか、杉田」

「はい。助監督、やっと十人です」

「助監督、俺、出ますよ」

「でも、村。ここのところ仕事が忙しくて、あまり身体を動かしてないよな。練習に来ても、コーチの方に専念してもらっているし、申し訳ないよ」

「でも仕方ないですよ」

「他の選手、何とかならないのか、杉田。今度の相手はホンダだぞ」

「はい。これでも集まった方かと……」

「でも、昨年から続いているが、土日もまともに選手が集まったことがないよな。レギュラー九人のうち、毎回来るのは雄作をはじめ四人、後の五人は来たり来なかったりだろ」

「助監督、俺も、なかなか参加できなくて、すみません。副駅長になってから、ちょっと忙しくなってしまって」

村松が申し訳なさそうな顔をする。

「この前の二次予選のＪＦＥ東日本戦なんか、投手がセカンドとセンターとレフトを守り、最近ほとんど投げてない木高が先発するしかなく、結局ボコボコに打たれて、大敗したよな。あの試合の後、選手たちは次のホンダ戦はしっかり立て直して頑張ろうって、言ってなかったか」

「そうなんですけどね……」

杉田は下を向いてしまう。

結局、選手十人で参加した都市対抗予選南関東大会のホンダ戦は〇対十の七回コールド負けだった。さらに一か月後の全日本クラブ選手権南関東大会は、初戦で山梨のクラブチームに三対十と、ここでも大敗を喫してしまう。この試合は、何とか選手の人数こそ揃ったが、ほとんど練習をしないまま試合に出た選手や体調の悪い選手もいて、どう見ても、レギュラーとしての自覚に欠けている選手が多く見られた。

これでは、公式戦に出ても勝てる訳がない。

私は、和美が来てくれた助監督として初勝利をあげた試合の喜びも束の間、チームの厳しい現実に直面することになってしまった。

チームは日に日に下降線を辿るばかりだ。

苛々が募る日々……。


八月、ある大学野球部のBチームと練習試合を行った。

試合中、相手の一番を打ち、センターを守っていた学生に目が留まった。相手のメンバー表を確認すると、その学生は四年生と記されていた。

（Bチームなのに、四年生でまだ試合に出ているのか）

大学四年生になって、Aチームに入っていない学生は、引退するか、学生コーチとしてサポートする側に回るのが多くあるパターンだった。

私は試合後、その学生に話しかけた。

「今日はナイスバッティングだったね。ところで君は四年生だけど、まだプレイヤーとして頑張っているんだね」

「はい。自分はまだメンバー入りを諦めてないので」

学生の目が輝いていた。

「そうなんだ。それで、大学を卒業してからも、野球をやりたいのかな」

「はい。やりたいです」

さらに目を輝かせて、大きな声で言った。

「そうか。それで、どこかやれそうなチームはあるのかな」

「それが……」

「まだ、見つかっていない？」

「はい。就職もしなければいけないですし、野球も続けたいのです。私の実力ですと企業チームは厳しいので、仕事と野球ができるクラブチームがあれば、一番いいのですが」

「そうなんだ。仕事と野球ができるクラブチームね……」

そうか！　仕事と野球をセットで考えればいいんだ！

そうすれば、大学生も勧誘できるし、仕事と野球の両立を図れる選手が増えてくるはずだ。そのためには、まずクラブチームの野球を理解して、選手を雇用してくれる会社を探すことが第一歩になる。

「君ね。念のため、連絡先を教えてくれるかな。就職のことも含めて、野球ができるようになったら、また連絡したいので」

「はい」

学生は不安そうな顔で返事をした。

試合後、私はすぐに雄作を呼び、先程の学生とのやり取りを話した。

「それで、雄作。雄作が働いている会社で、さっきの学生を紹介できないかなと思ってな。それでＹＢＣフェニーズでも野球をやってもらいたいんだ。最初に会社にはチームのことも話してから就職してもらえば、野球の方も出やすくなると思うんだけど。現に雄作は、野球もしっかりやってるしな。どうかな？」

「はい。私がＹＢＣフェニーズで野球をやっていることは、上司も含めて社員のほとんどが知っていますし、会社も人手が欲しいですから、話してみる価値はあると思いますよ」

「そうか、雄作。会社の上司に聞いてもらえるかな」

「はい。早速、やってみます」

翌週、雄作から連絡があり、上司が前向きに考えてくれるということであった。その後、私はその上司に会って、改めてチームのことを説明し、その学生のことも話すことができた。さらには、その学生の大学野球部監督にも改めて挨拶に伺い、正式に就職と野球をセットで迎えたい旨を伝え、監督の了承を得ることができた。

（ふー）

今までは、野球をやりたい選手が入って来るのを待っていればよかったが、こちらが主導で学生を勧誘し、就職と野球をセットで迎え入れるとなると、結構大変だな……。

でも、こういう活動を地道に続けていけば、チームに腰を据えて野球に取り組める選手が増えてくるだろう。でも、勧誘する学生の人生も左右することになるから、私もしっかりやらないと、責任重大だぞ……。

私は、どん底に向かいつつあるチームに、少しだけ明るい光が見えた気がした。


師走の寒風が突き刺す河川敷グラウンド。

「今日も寒いな、雄作。ところで、学生の就職の件、いろいろとありがとう。無事に内定ももらえてよかったよ。学生も、仕事も野球も頑張りますって、喜んでいたよ」

「はい。私もチームの後輩が同じ会社に就職できるので、嬉しいです。野球の方もフォローできますし、チームの戦力にもなってもらいたいです。助監督、それより」

「雄作、どうした?」

「あそこを見てください」

雄作がグラウンドの奥を右手で示す。

「んっ?」

私は目を凝らして見る。

「伊田ですよ」

雄作が笑顔で言った。

「えっ! 伊田! 嘘だろ!」

私は驚きのあまり、声が裏返ってしまった。

見ると、ベージュのニット帽を被り、紺色のナイロン製のジャンバーとズボンをはいた伊田が
黙々と外野の芝生を走っていた。

私は持っていたバッグを雄作に渡すと、伊田のところに走った。

「伊田!」

「久保田コーチ、あっ、もう助監督ですね」

伊田の息が上がっていた。

「伊田、もう大丈夫なのか」

「はい。まだ完全ではないのですが、少しずつ身体を動かしてもいいと言われました」

「そうか。でも、わざわざこんなに寒い河川敷グラウンドに来なくてもよかったのに」

「いいえ、久保田助監督やチームのみんなに心配をかけたので、一番先にここに来て、挨拶がしたかったです」

「そうか……。伊田……、頑張ったな」

私は言葉に詰まってしまう。

「でも、本当にみんなが励ましてくれたので、元気になれました」

「そうか……」

「助監督、泣かないでくださいよ」

伊田が笑いながら言う。

「すまん……」

私はポケットからタオルを出し、目元を拭った。

すると、いつの間にか伊田の周りに選手たちが集まっていた。

「では、伊田から一言どうぞ」

雄作だった。

「はい。えーと、みなさん。しばらくお休みをいただいていた伊田です。今日からまたよろしくお願いします！」

伊田は満面の笑顔だ。

「いいぞ、伊田！」

「待ってたぞー、伊田！」

「休み過ぎだぞー、伊田！」

チームメイトがみんな笑顔で伊田を迎える。

「よし！　アップ開始！」

雄作のかけ声で、全員がランニングを始めた。

その先頭には病を克服した伊田の笑顔があった。


奇跡だ。

やはり野球の神様はいるんだな。


伊田を見つめる私の目から、涙が止まらなかった。

その日の練習が終わる頃、監督が河川敷グラウンドに来た。

「来年から久保田監督だ。また苦労かけるけど、よろしく頼みます」

「はい。分かりました」

チームはどん底だけど……。

こうなったら、やるしかないか。

私は西の空に沈む夕日をじっと見つめていた。

あとがき

二〇一九年二月十三日、私は社会人硬式野球クラブチーム「ＹＢＣ柏」（二〇一三年一一月にチーム名を改称）の監督を退任した。ＹＢＣではコーチ四年、助監督一年、監督八年の計十三年もの長きに渡り、社会人野球に携わることができた。

私は監督を退任すると、その報告のために、ある方のところに赴いた。

その方は、本文でも紹介した私にソフトボールのウインドミル投法を教えてくれた早稲田大学ソフトボール部総監督の吉村正先生だった。吉村先生は、二〇一三年にＮＡＦＡ（北米ファーストピッチソフトボール協会）の殿堂入りをした日本ソフトボール界の重鎮である。吉村先生は現在、早稲田大学名誉教授とＮＰＯ法人日本ティーボール協会の理事長を務められている。

私は日本ティーボール協会の事務所で吉村先生に監督退任を報告した。

「いやー、久保田先生。長い間、お疲れさまでした」

吉村先生は満面の笑顔で私に右手を差し出した。

「吉村先生、長い間、ティーボール協会の活動になかなか参加できず、申し訳ありませんでした」

私は恐縮したまま吉村先生と握手した。

一九九六年二月に私は知人の紹介で日本ティーボール協会に入会した。最初の役員会に出席すると、吉村先生はすぐ私に声をかけた。

「久保田先生、五月に障がいのある人もない人も一緒に楽しめるティーボール大会をやりましょう。これからは必ずバリアフリーの時代になります。その先駆けをティーボールでトライしてみませんか?」

「はい…」

私は吉村先生の迫力に圧倒されたままだった。

ティーボールは野球型のスポーツで、バッティングティーの上に置いた柔らかいウレタン製のボールを専用のバットで打つ。ボールが止まっているので、誰もが簡単にバッティングを楽しめることができる。実際のゲームも安全面に配慮したルールが工夫されていた。この日本式ティーボールを発案したのが吉村先生だ。

五月の大会は大成功だった。

私はこの大会で障がいのあるなしに関係なく、参加者全員が心の底からティーボールを楽しむ姿を見て、目から鱗が落ちた。ここまでの私は、養護学校で知的障がいのある生徒たちにソフトボールを教えることに熱中していた。私の頭の中には、この生徒たちを養護学校の大会で何とか勝たせたい、その一念しかなかった。だがそれはあくまで障がいのある人たちだけが参加する大会で勝利を目指すということだった。

（バリアフリーか…。もっと、広い視点で考えないと駄目なんだな）

吉村先生は、実践を通して、私に新たな考え方を教示してくれたのだ。

さらに「久保田先生、この大会のことを、原稿に書いてください」

「えっ、原稿ですか？」

「はい。私が長年執筆している出版社に頼み、久保田先生の原稿を載せますので、月末までに書いてください」

「はい…」

後日、何とか原稿を書き、吉村先生に見てもらった。

数日後、私の原稿はまっ赤に添削されて、返却された。

情けない…。

それから、約一か月後、吉村先生に何度も見てもらった私の原稿がスポーツ系の雑誌に掲載された。私は掲載日に当時勤務していた養護学校の近くにある本屋に行った。すぐに雑誌を購入して、ページを捲る。

「あった！」

私の原稿は何と見開き二ページにも渡り、私の署名と顔写真まで入り掲載されていた。

私は驚きのあまり、胸の鼓動を抑えることができなかった。吉村先生は私に文章で物事を伝えることの大切さを教示してくださり、その後何度も原稿を書くチャンスを与えてくださった。

私はその都度必死に書いた。すると、吉村先生の添削箇所も少しずつ減ってきた。

「やった！」

数年後、私が初めて本を出版すると、吉村先生は本当に喜んでくれた。

後に私が社会人野球の道に進むことになったのも、先に触れたティーボール大会で、吉村先生が私に元プロ野球選手の谷沢健一氏を紹介してくれたのが、きっかけだった。

私は、ＹＢＣの十三年間、土日や祝日は野球漬けだったので、同じく休みの日に活動のあるティーボール協会の大会や指導者講習会に参加できなくなってしまった。

時々吉村先生に会うと、私はいつも申し訳ない気持ちを伝えていた。

「何を言うんですか、久保田先生。特別支援学校で障がいのある生徒たちにソフトボールやティーボールを教えていた先生が今度は社会人野球の監督なんですよ。こんなことは久保田先生しかできません。まさにプロフェッショナルなことをされているんですから、とことんやってください」

吉村先生はいつも温かい言葉で励ましてくれた。

そんな私が監督退任の報告の最初に吉村先生を訪ねたのは当然の流れだった。

「吉村先生、またティーボールも頑張りますので、ご指導よろしくお願いします」

私は深く頭を下げた。

「いやー、本当に久保田先生が、こうやって戻って来てくれて、よかったですよ。実は私は、今まで一回も私の方から役員の方に辞めてもらったことはないんです。これはボランティア活動の基本なんですよ。少し離れてしまった方がいても、いつまでも待っているんです。ほら、久保田先生もこうやって戻ってきたでしょ」

吉村先生は満面の笑顔のまま話した。

「ありがとうございます。先生…」

私は目頭が熱くなった。

社会人野球も完全なボランティア活動だったが、私なりに一生懸命に頑張って、本当によかったと思う。今思うと、社会人野球の経験は私にとってのバリアフリーだったのではないか。それは、知的障がいのある生徒たちも野球の選手たちも教育の本質は同じだということを、指導実践を通して確信できたからだ。

私の中で障がい者と健常者の垣根は完全に取り除かれた。

私は生徒や選手と接して、つくづく思う。

障がいのあるなしはまったく関係ない。大切なのは、指導者が常に生徒や選手と同じ目線に立って、何事にも対応できるかだ。その対応の仕方は、それぞれの個性や特徴をよく見極めていけばよい。

私はそのことを少しでも伝えたかったので、拙書に実体験を記した。

読者の皆様には共感してもらいながら、私の大切にしてきたことが伝われば、作者としてはこの上のない喜びである。

私は二〇一九年度で特別支援学校（養護学校）三十二年目を迎えた。ここまで、知的障がいのある生徒指導一筋である。

今日も学校に行けば、たくさんの生徒たちがいる。今担任をしている生徒の一人は、言葉で自分の意志を伝えることができない。でもその生徒は自分の意思を私にはっきりと伝えてくる。言葉はなくても、いつも一緒にいると、この子が何をしたいのか分かってくるから、不思議だなと思う。これからも現場では、そういうことを続けながら、生徒の成長を見守って行きたい。

そして、最後まで諦めるわけにはいかないのが、知的障がいのある生徒たちの硬式野球部の設立だ。甲子園大会の予選に参加してみたい。

私は、生徒たちのソフトボール部監督として健常者チームに勝つことができた。社会人野球の指導者として十三年の経験を積むこともできた。私の準備は万端である。

あとは現実にトライすることができるのか、または架空の話としていつか書くことになるのかである。若い頃はがむしゃらに自分の夢を追い求めていたが、今は次に何が起こるのか、少し楽しみながら待てるようになってきた。

さて、どうなることやら…。

読者の皆様には、ここまで私の拙い文章にお付き合いいただき、深く感謝したい。

尚、文中の生徒名、選手名、施設名の多くは仮名、仮称を使用した。ご承知いただきたい。

最後に、拙書を出版できるまで、私を支えてくれた大学教育出版の佐藤宏計氏をはじめとする編集部の皆様に深く感謝し、終わりとする。

久保田浩司

二〇二〇年 一月

■著者紹介

久保田　浩司　（くぼた　ひろし）

1966年 1 月　東京都八王子市生まれ
1988年 3 月　日本体育大学　体育学部　体育学科卒業（硬式野球部所属）
1988年 4 月　都立養護学校教諭に採用される。
2019年度で知的障がいのある生徒指導一筋32年目を迎える。
養護学校ソフトボール部監督として都大会で通算14度優勝、2000年から同大会新記録となる7連覇を達成した。
社会人硬式野球クラブチーム「YBC フェニーズ」のコーチ、助監督を経て
2010年12月監督に就任（2013年11月チーム名を YBC 柏に改称）
2013年　第25回 JABA 一関市長旗争奪クラブ野球大会　優勝
2014年　第39回全日本クラブ野球選手権大会　初出場ベスト4
2016年　第41回全日本クラブ野球選手権大会出場
2016年　第9回関東連盟クラブ選手権大会　優勝
2017年　さいたま市長杯第24回 JABA 選抜クラブ野球関東大会　優勝
2019年 2 月　YBC 柏監督退任
NPO 法人日本ティーボール協会　常務理事　全国大会審判委員会委員長
上級公認指導者
研究歴
「ティーボールにおけるバリアフリーの可能性」（日本スポーツ方法学会第9回大会）
「知的障害養護学校生徒のスポーツ指導に関する研究」（東京都研究）
受賞歴　2004年　第1回読売プルデンシャル福祉文化賞　奨励賞
　　　　2005年　第2回学事出版教育文化賞　優秀賞
　　　　2012年　第2回日本感動大賞　金賞
　　　　2018年　レクリエーション運動普及振興功労者表彰

著書　『磨けば光る子どもたち』（文芸社　2001年）
　　　『養護学校では野球ができない』（大学教育出版　2009年）

あの時の野球とあの子たち

2020年1月30日　初版第1刷発行

■著　　者――久保田浩司
■発 行 者――佐藤　守
■発 行 所――株式会社 大学教育出版
　　　　　　〒700-0953　岡山市南区西市 855-4
　　　　　　電話（086）244-1268　FAX（086）246-0294
■印刷製本――モリモト印刷㈱

ISBN978－4－86692－057－3